## Les confidences de Kate Fortune

« Je déteste voir souffrir ceux que j'aime sans pouvoir rien faire. Pauvre Allie... Sa beauté a toujours attiré l'attention sur elle et, maintenant, un admirateur désaxé la pourchasse. Cela me déchire le cœur. Je peux heureusement compter sur son garde du corps, Rafe Stone, pour la protéger.

» Allie n'est pas habituée à ce que les hommes l'aiment pour elle-même ; quant à Rafe, les cicatrices qu'il porte l'empêchent de croire à l'amour. J'espère cependant que la boîte à musique que j'ai léguée à ma petite-fille les aidera tous les deux à comprendre le pouvoir de la beauté intérieure. Cette boîte est abîmée à l'extérieur, mais la musique qu'elle joue n'en reste pas moins merveilleuse.

» En attendant, je continue à chercher l'identité de la personne qui persécute ma famille. Je soupçonne d'ailleurs ce déséquilibré de ne pas vouloir s'en prendre seulement à ma petite-fille. »

Chères lectrices,

*J'ai pris un très grand plaisir à écrire ce roman et j'espère que vous prendrez un plaisir égal à le lire. La saga des Fortune me passionne, car ce n'est pas seulement l'histoire isolée d'hommes et de femmes qui nous est racontée. C'est aussi le destin d'une famille, évoqué au travers des différents personnages qui la composent.*

*Parmi ceux-ci, j'éprouve une tendresse toute particulière pour Allie. Elle est si forte, et en même temps si vulnérable ! Si belle et si peu sûre d'être aimée ! Il lui faut cependant garder une parfaite maîtrise de ses émotions, car le métier de mannequin, aussi envié et prestigieux qu'il soit, est un métier très dur. Au cours du travail préparatoire qui a précédé la rédaction de ce livre, j'ai appris que la beauté ne suffisait pas pour réussir en tant que top model. Il faut également de la discipline et de la patience, de la volonté et de l'humilité, et une bonne dose d'humour pour réussir à relativiser à la fois critiques et louanges. Allie possède toutes ces qualités, ainsi que d'autres qui lui sont propres et que je vous laisse découvrir.*

*Rafe m'est très sympathique, lui aussi. C'est un homme qui croit ne plus rien avoir à apprendre de la vie... jusqu'à ce qu'il rencontre une femme selon son cœur, et découvre que l'avenir lui réservait encore quelques surprises.*

*Bonne lecture !*

Merline Lovelace

# MERLINE LOVELACE

Officier d'aviation, Merline Lovelace a effectué des périodes de service au Viêt-nam, au Pentagone et sur diverses bases américaines à l'étranger. Pendant sa carrière militaire, elle a rencontré et épousé son beau héros à elle, et engrangé assez d'histoires passionnantes pour rester ensuite pendant des années rivée à sa table de travail. Quand elle n'écrit pas, Merline Lovelace court les antiquaires avec son mari Al, ou poursuit les petites balles blanches sur les terrains de golf de l'Oklahoma.

Elle adore lire et composer de brûlantes fictions contemporaines ainsi que de grandes fresques historiques.

# L'héritière et le garde du corps

**Si vous achetez ce livre privé de tout ou partie de sa couverture, nous vous signalons qu'il est en vente irrégulière. Il est considéré comme « invendu » et l'éditeur comme l'auteur n'ont reçu aucun paiement pour ce livre « détérioré ».**

*Cet ouvrage a été publié en langue anglaise*
*sous le titre :*
BEAUTY AND THE BODYGUARD

*Traduction française de*
BÉNÉDICTE DUCHET-FILHOL



Originally published by SILHOUETTE BOOKS,
division of Harlequin Enterprises Ltd.
Toronto, Canada


83-85, boulevard Vincent-Auriol, 75013 Paris — Tél. : 01 42 16 63 63
Service Lectrices — Tél : 01 45 82 47 47
ISBN 2-280-07685-3 — ISSN 1264-0409

MERLINE LOVELACE

# L'héritière et le garde du corps

HARLEQUIN

AMOURS D'AUJOURD'HUI

NEWS

NEWS

# ON EN PARLE CE MOIS-CI...

## "Les Fortune courent-ils à la faillite ?"

Les pronostics les plus pessimistes circulent, concernant l'état financier de la célèbre entreprise. Le récent décès de Kate a entraîné une profonde réorganisation au sein du groupe – remaniement plutôt mal accueilli en Bourse et qui s'est donc accompagné d'une chute alarmante du cours de l'action. D'autant qu'on a appris qu'un nouveau cambriolage avait eu lieu dans le laboratoire de Fortune Cosmetics, retardant encore la sortie du nouveau produit que la société espérait bien pouvoir annoncer prochainement. On ne sait toujours rien de la mystérieuse formule dont le développement se déroule dans le plus grand secret.

On peut parier, toutefois, qu'à moins de réussir à la commercialiser sans tarder, Fortune Cosmetics risque fort de voir son avenir compromis.

Car qui oserait, aujourd'hui, investir un centime dans cette entreprise sur laquelle tout s'acharne ?

Enfin, comme si cela ne suffisait pas, je viens d'apprendre que la belle Allison, ambassadrice de la marque familiale, serait à présent la cible d'un admirateur un peu trop empressé. On prétend même qu'elle aurait été obligée, pour se protéger, de faire appel aux services d'un garde du corps.

Décidément, on peut se demander si l'histoire des Fortune n'est pas en passe de devenir le plus passionnant des feuilletons.

*Liz Jones*

# 1.

De lui, elle ne remarqua d'abord que sa cravate.

Ayant passé presque le quart de ses vingt-cinq années d'existence dans les milieux de la mode, Allison Fortune avait eu l'occasion de voir toutes sortes de vêtements, des plus discrets aux plus voyants. En tant que mannequin, il lui était même arrivé de défiler dans des tenues que les critiques, à court de termes appropriés, se contentaient, au mieux, de qualifier d'extravagantes ou d'excentriques. Mais elle ne se souvenait pas d'avoir jamais éprouvé un tel choc. Car l'accessoire en question n'était pas seulement de mauvais goût, saugrenu ou bizarre. Avec la meilleure volonté du monde, elle ne trouvait à lui appliquer qu'une seule étiquette : monstrueux.

Surprise par l'association de quelque chose d'aussi ostensiblement criard à une tenue par ailleurs fort classique — pantalon noir, chemise blanche et veste de lin grise —, Allie posa les yeux sur le visage du propriétaire de la cravate.

Elle ne l'avait jamais rencontré, c'était certain, sinon elle se serait souvenue de lui : il avait un physique qui retenait l'attention, même au milieu de la foule hétéroclite des publicitaires, directeurs artistiques, photographes, chimistes et ingénieurs de production invités à la réception organisée par la sœur aînée d'Allison pour fêter le lancement de la nouvelle ligne des laboratoires Fortune Cosmetics. L'inconnu, cependant, ne semblait appartenir à aucune de ces catégories. Il avait un visage mince et énergique sous des cheveux d'un noir de jais. Sombre et hâlé, il se dégageait de lui quelque chose de fascinant malgré — ou peut-être à cause — des cicatrices qui barraient son menton et son cou.

En tout cas, même si tout cela n'avait pas suffi à graver son image dans la mémoire d'Allie, elle n'aurait pas oublié ses yeux : d'un extraordinaire bleu argenté, ils la scrutaient depuis l'autre bout du salon.

Etrangement, ce regard froid suscita chez elle un trouble qu'elle n'avait encore jamais éprouvé. Un léger frisson courut dans sa nuque et se prolongea jusqu'au bas de son dos que dénudait amplement sa robe en mousseline de soie. Autour d'elle, ce fut comme si la rumeur des conversations s'estompait, glissait dans un lointain nébuleux. Dieu sait pourtant que les regards masculins l'affectaient peu d'ordinaire. Dans son métier, elle était constamment soumise aux examens à la fois les plus concupiscents et les plus critiques. Et pourtant, elle se sentait consciente de son corps comme elle l'avait rarement été jusque-là, tandis qu'il la détaillait de la tête aux pieds, depuis le haut de ses cheveux relevés en chignon, jusqu'à la pointe de ses sandales dorées.

La pratique aidant, Allie n'eut cependant aucun mal à dissimuler sa réaction. Soutenant le regard de l'inconnu sans broncher, elle le toisa avec froideur. Elle eut néanmoins la surprise de ne lire dans ses yeux aucune émotion particulière. L'indifférence n'avait jamais fait partie de la gamme des sentiments qu'elle inspirait aux gens.

Intriguée mais résolue à ne pas le montrer, la jeune femme trempa ses lèvres dans la coupe de champagne qu'elle tenait à la main.

— Tu veux que je t'en apporte une autre ?

La voix un peu pâteuse qui venait de résonner à ses oreilles ramena Allie à la réalité.

— Merci, Dean, mais ce n'est pas la peine, répondit-elle.

Les sourcils de Dean Hansen se froncèrent.

— Je t'ai pourtant servi ce champagne au début de la soirée, observa-t-il. Il doit être tiède, maintenant.

— Peu importe : je ne compte pas le terminer, de toute façon. Il faut que je surveille mes calories. Je pars demain réaliser la campagne publicitaire de notre nouvelle ligne, tu te souviens ?

Une moue de contrariété déforma le beau visage de Dean.

— Je ne m'en souviens que trop bien ! s'écria-t-il. Bon sang, Allie, quand te décideras-tu à passer plus de vingt-quatre heures de suite à Minneapolis ? Tu es arrivée de New York ce matin, et tu seras au Nouveau-Mexique demain ! Je ne te vois jamais qu'entre deux avions !

Dean avait peu à peu haussé le ton, au point de couvrir finalement le bruit des conversations et la musique que jouait un trio de jazz installé au fond de l'immense pièce. Plusieurs personnes tournèrent la tête, et Allie rencontra le regard inquiet de sa sœur aînée.

Récemment promue directrice du marketing de l'entreprise familiale, Caroline Fortune-Valkov avait de grosses responsabilités, et la mort de leur grand-mère dans un accident d'avion, six mois plus tôt, les avait rendues plus lourdes encore.

Bien que leur père, Jake, eût pris les commandes du groupe Fortune après le décès de Kate, il avait été contraint de réorganiser et de rationaliser la production de certaines filiales pour maintenir l'énorme holding à flot pendant que notaires et avocats réglaient la situation financière compliquée laissée par la vieille dame.

Il en avait résulté une chute spectaculaire du cours des actions. Par ailleurs, un cambriolage et un incendie avaient eu lieu au laboratoire de Fortune Cosmetics, retardant la mise au point de la gamme de produits qu'Allie devait aider à lancer.

Jake, Caroline et les autres membres de la famille comptaient sur cette nouvelle ligne pour éviter la faillite, le temps de mettre sur le marché la crème de beauté révolutionnaire dont Kate rêvait avant sa mort. Fortune Cosmetics faisait travailler des milliers de personnes à travers le monde ; pas une seule n'avait été licenciée pour raisons économiques du vivant de Kate, et Jake était fermement décidé à ne pas être le premier Fortune à envoyer une partie de ses employés grossir les rangs des chômeurs.

Oui, il fallait absolument que le projet aboutisse. C'était pour cela qu'Allison avait accepté d'interrompre des débuts prometteurs dans le cinéma et de redevenir l'ambassadrice de la marque familiale. Pour cela également qu'elle n'avait rapporté qu'à sa sœur jumelle et à la police les détails précis des coups de téléphone terrifiants reçus d'un déséquilibré. Pour cela enfin qu'elle ne voulait pas ajouter encore aux soucis de Caroline en laissant Dean Hansen faire un esclandre au milieu d'une réception aussi importante.

Allie regarda avec attention le grand homme blond avec qui elle passait une soirée de temps en temps depuis quelques mois. Il avait visiblement trop bu, et son accès de colère prouvait que l'alcool le rendait agressif. C'était suffisant pour que la jeune femme décide de rompre toutes relations avec lui, mais il allait sûrement mal prendre la nouvelle. Mieux valait donc lui annoncer cela en privé.

— Si nous sortions sur la terrasse ? suggéra-t-elle avec un geste du menton en direction de la rangée de portes-fenêtres qui occupait presque tout un mur du salon.

L'expression de Dean s'adoucit. Il posa son verre de whisky sur la table la plus proche, mais d'une main si tremblante qu'une partie du liquide se répandit sur le sol.

Avec un peu de chance, la brise qui soufflait du lac lui éclaircirait les idées, songea Allie en se frayant un chemin au milieu de la foule des invités.

Une fois dehors, elle traversa la grande terrasse, s'accouda à la balustrade et respira avec délice l'air tiède de la nuit. Après deux semaines de réunions de travail à New York, où le mois d'août apportait une moiteur suffocante, le climat du Minnesota lui paraissait presque clément.

Les pas incertains de Dean retentirent derrière elle, à demi noyés dans le bruit confus des voix, des rires et de la musique venant de l'intérieur. Il lui prit la main et déclara :

— Allons au bord du lac ! Nous y serons plus au calme.

Allie acquiesça, enleva ses sandales — ce qui lui fournit un excellent prétexte pour libérer sa main —, puis descendit l'escalier de pierre. La pelouse qui s'étendait en contrebas était humide de rosée, et cela rappela à la jeune femme les étés de son enfance, quand elle courait pieds nus avec Rocky, sa sœur jumelle, dans l'herbe de cette même pelouse. Elles poursuivaient les lucioles, riaient beaucoup, imaginaient l'avenir et confiaient à Kate leurs rêves de petites filles. La vieille dame était morte, à présent, et Allie avait momentanément renoncé à ses rêves.

Le brouhaha de la réception s'estompa peu à peu. Quand Allie atteignit la rive du lac, seuls le murmure de l'eau et le chant des cigales rompaient le silence de la nuit. La voix rauque de Dean ne tarda malheureusement pas à troubler cette harmonie.

— Mon Dieu que tu es belle ! dit-il en prenant la jeune femme par les épaules pour la forcer à se tourner vers lui.

— Tu n'es pas mal non plus, remarqua-t-elle d'un ton léger, mais...

— Il n'y a pas de mais ! Pas ce soir, alors que je ne t'ai pas vue depuis des semaines et que tu repars demain matin.

— Il faut que nous parlions, Dean.

— Plus tard.

— Non, tout de suite !

Ignorant la requête de la jeune femme, Dean l'attira contre lui. Elle tenta de se dégager, mais il resserra son étreinte d'un mouvement vif, presque brutal.

— Arrête ! s'exclama la jeune femme.

— Allez, laisse-toi faire...

— Tu es ivre ! Lâche-moi !

— Non ! J'en ai marre, maintenant : chaque fois que je veux te toucher, tu trouves un prétexte pour m'en empêcher... A quel jeu joues-tu ?

— Je ne joue pas, Dean. Ni avec toi ni avec personne.

— Vraiment ? Alors prouve-le, au lieu de m'aguicher pour mieux me repousser ensuite !

Allie s'obligea à rester calme. Bien qu'elle eût hérité, en plus de sa couleur de cheveux, du tempérament fougueux de sa grand-mère, elle avait appris depuis longtemps à cacher ses émotions sous un masque impassible ou souriant, selon les circonstances.

— Je t'ai dit et répété que je te considérais seulement comme un ami, déclara-t-elle. Il faut te résigner, Dean : nous ne serons jamais amants.

— Pourquoi ?

— Parce que je n'en ai pas envie.

Voyant Dean se renfrogner comme un adolescent à qui son père vient de refuser l'usage de la voiture familiale, la jeune femme ne put réprimer un sourire.

Son amusement céda cependant vite la place à un sentiment de tristesse, car elle mesura soudain la solitude dans laquelle l'enfermait sa méfiance à l'égard des hommes. Elle les tenait à distance depuis que son ex-fiancé lui avait fait faire une désagréable découverte : les membres du sexe opposé s'intéressaient généralement beaucoup plus à son physique et à son argent qu'à sa personne. Cette douloureuse prise de conscience l'avait rendue prudente, même si elle ne désespérait pas de trouver un jour celui qui, derrière le top model et la riche héritière, saurait voir la femme en elle.

Dean Hansen n'était manifestement pas cet homme-là : au lieu de se contenter du statut d'ami qu'elle lui avait explicitement assigné dès le départ, il s'efforçait de la séduire chaque fois qu'elle acceptait de dîner ou d'aller au cinéma avec lui.

Peut-être venait-il de comprendre qu'il n'y parviendrait pas par la douceur et la flatterie, car l'une de ses mains se referma durement sur la nuque d'Allie, l'empêchant de bouger la tête, tandis qu'il approchait son visage du sien.

— Ainsi, tu n'en as pas envie ? grommela-t-il. Et si je t'y obligeais ?

— Je ne te le conseille pas ! Lâche-moi !

— Non, pas cette fois.

— Si !

Dean ne s'attendait pas au coup de coude que la jeune femme lui donna alors dans les côtes. Le souffle coupé, il relâcha un peu son étreinte, et Allie en profita pour se libérer. Elle recula de quelques pas, prête à se battre encore s'il le fallait, mais assez maîtresse d'elle-même pour dire d'un ton froid :

— Va-t'en immédiatement ! Je ne veux plus te revoir, ni ce soir ni jamais.

Mais si la jeune femme pensait en finir ainsi avec lui, elle se trompait : à peine avait-elle franchi deux mètres en direction de la maison qu'il l'agrippait par le bras et la tirait violemment en arrière. Le sang d'Allie ne fit qu'un tour : pivotant sur ses talons, elle posa les paumes sur la poitrine de son agresseur et poussa de toutes ses forces.

Déséquilibré, Dean vacilla, et elle comprit trop tard qu'il était trop ivre pour contrôler son élan : il allait tomber dans le lac.

— Attention ! s'écria-t-elle en bondissant vers lui dans l'intention de le retenir par les revers de son smoking.

Elle n'en eut pas le temps : après avoir vainement tenté de se raccrocher à la première prise venue — en l'occurrence, l'une des bretelles de la robe d'Allie, qui céda sous la traction — Dean bascula lourdement dans le lac, une expression hébétée sur le visage.

Une gerbe d'eau froide inonda la jeune femme, qui ne s'en porta pas moins au secours de son compagnon. Lorsqu'elle l'eut aidé à se relever et à regagner la rive, elle était trempée jusqu'aux os, mais sa fureur avait entre-temps été balayée par son sens de l'humour coutumier qui lui permettait de supporter avec bonne humeur ces séances de pose aussi interminables qu'épuisantes où tout semblait se liguer pour empêcher le travail d'avancer.

Réprimant à grand-peine un éclat de rire, elle regarda Dean essuyer avec un mouchoir sa figure maculée de vase. Il ne paraissait pas, lui, trouver la situation amusante : quand son mouchoir fut trop sale pour lui être encore de quelque utilité, il le jeta par terre d'un geste rageur, puis s'approcha d'Allie, les yeux brillants de colère.

— Petite garce ! s'exclama-t-il d'un ton menaçant.

— Si vous ne voulez pas faire un deuxième plongeon dans le lac, je vous conseille de dire poliment au revoir à la dame ! déclara soudain une voix grave, derrière eux.

Ils se retournèrent d'un même mouvement. La jeune femme scruta l'obscurité et finit par distinguer une silhouette adossée à l'un des grands chênes qui se dressaient sur la pelouse. Dean dut également l'apercevoir, car il s'écria en esquissant un pas vers l'arbre :

— Qui est là ?

— Peu importe ! Vous avez dix secondes pour disparaître, mon vieux, sinon je ne réponds plus de rien.

— « Mon vieux » ? Non, mais dites donc...

— Oui ?

Il y avait dans ce seul mot un tel mélange d'ironie et de froide détermination qu'Allie haussa les sourcils et que Dean s'immobilisa. Encore furieux mais plus prudent, à présent, il se contenta de remarquer :

— Cette affaire ne vous regarde pas. La conversation que j'ai avec mademoiselle est d'ordre strictement privé.

L'ombre s'écarta du chêne et s'approcha de la berge. Quand les rayons de la lune l'éclairèrent, Allie poussa une exclamation étouffée en reconnaissant la cravate mauve à losanges rouges et orange.

— D'après ce que j'ai cru comprendre, mademoiselle juge la conversation terminée, observa l'homme calmement mais fermement. Il vous reste cinq secondes pour partir.

— Qui c'est, ce type, Allie ? demanda Dean.

Comme la jeune femme n'en avait pas la moindre idée, elle ignora la question et déclara :

— Il vaut mieux que tu t'en ailles, Dean.

Son interlocuteur hésita, puis, voyant l'inconnu se rapprocher, il grommela :

— D'accord, je m'en vais... De toute façon, je n'ai que faire d'une poupée Barbie, tout juste bonne à poser devant les photographes.

Ni Allie ni le mystérieux invité de sa sœur ne prononcèrent un mot pendant que Dean s'éloignait, ses chaussures gorgées d'eau produisant un petit clapotement à chacun de ses pas.

Avec son départ, la nuit retrouva sa sérénité mais, cette fois, la jeune femme entendit à peine le murmure de l'eau et le chant des cigales : l'homme qui se tenait près d'elle mobilisait toute son attention.

A la clarté de la lune, les yeux gris-bleu qu'elle avait admirés dans le salon avaient l'éclat froid du métal. Ils l'examinaient cependant de la tête aux pieds avec la même minutie qu'une demi-heure plus tôt, à ceci près qu'ils s'attardaient davantage, à présent, sur certaines parties de son corps.

Allie prit brusquement conscience que sa robe trempée lui collait à la peau. Elle aurait aussi bien pu être en sous-vêtements devant ce parfait étranger, sans compter que l'absence du morceau de tissu arraché par Dean laissait à découvert une bonne partie de son sein gauche où venait précisément de s'arrêter le regard acéré de l'inconnu...

Pour la deuxième fois de la soirée, une étrange sensation envahit la jeune femme. Il ne s'agissait pas vraiment d'un trouble sensuel, ni d'une simple réaction de nervosité, mais plutôt d'un sentiment d'attente, comme si quelque chose d'extraordinaire allait se produire d'une seconde à l'autre.

Il lui fallut toute la force de sa volonté pour maîtriser le réflexe typiquement féminin de croiser les bras sur sa poitrine pour la dissimuler. Elle n'avait pas eu une conscience aussi aiguë de son corps depuis sa première année d'université, quand l'un de ses camarades l'avait suppliée de lui servir de modèle pour se constituer un portfolio. Ces photos avaient lancé la carrière de Dominic et la sienne, et Allie avait ensuite très vite oublié sa pudeur. Du moins le pensait-elle.

Lorsque les yeux de l'inconnu revinrent finalement se poser sur son visage, la jeune femme y vit briller une lueur de convoitise qui la déçut profondément. Le peu d'effet qu'elle produisait sur cet homme l'avait presque autant intriguée, un peu plus tôt, que sa cravate. Elle avait cru un moment qu'il était différent des autres, qu'il ne se souciait pas des apparences et s'intéressait moins à l'enveloppe qu'à son contenu.

Agacée par sa propre naïveté, Allie se traita intérieurement d'idiote avant de déclarer avec un rien de défi dans la voix :

— Comme je n'ai pas l'impression de vous avoir jamais rencontré, permettez-moi de me présenter : je suis...

— Je sais qui vous êtes, mademoiselle Fortune.

Le fait que cet étranger l'eût identifiée n'étonna pas la jeune femme : au cours des années quatre-vingt-dix, les top models avaient rejoint les vedettes de cinéma au panthéon des superstars, et Allie était donc reconnue partout où elle allait.

Sa notoriété lui valait cependant, depuis peu, autre chose que des regards curieux ou admiratifs.

Songeant à l'inquiétant coup de fil anonyme qui l'avait réveillée la nuit précédente, Allie réprima un frisson, et la fascination inattendue que lui inspirait son interlocuteur se mua brusquement en terreur.

Les rayons de la lune sculptaient ses traits comme une eau-forte, en soulignant la dureté. Il avait un visage tout en angles : des pommettes saillantes, un nez aquilin, une mâchoire carrée assombrie par un début de barbe. Quant aux cicatrices qui lui couturaient le côté gauche du menton et du cou...

La gorge sèche, soudain, Allie rompit le silence.

— Vous me connaissez peut-être, dit-elle, mais moi, j'ignore qui vous êtes et ce que vous faites ici.

— Mon nom est Rafe Stone et je suis votre garde du corps.

— Mon quoi ? s'exclama-t-elle, interdite.

— Votre garde du corps... en puissance, tout du moins. Quelqu'un m'a demandé d'assurer votre sécurité.

— Quelqu'un ! C'est-à-dire ?

— Votre père.

La stupeur de la jeune femme fut aussitôt remplacée par une violente colère : pourquoi fallait-il donc toujours que Jake essaie de contrôler la vie des autres — celle de ses enfants, de sa femme et de ses milliers d'employés —, comme si ces personnes lui appartenaient ? Sans compter que, en l'occurrence, elle le soupçonnait de chercher moins à protéger sa fille que le « visage » sur lequel il comptait pour sauver son entreprise de la faillite...

— Quand mon père vous a-t-il engagé ? déclara-t-elle.

— Nous sommes convenus que — si j'acceptais de prendre ce travail — j'entrerais en fonctions ce soir.

— Ce soir ? Alors pourquoi n'êtes-vous pas intervenu plus tôt, monsieur Stone ? Vous m'avez certainement vue me battre avec Dean Hansen.

— Je n'ai pas encore signé de contrat. De plus, je me suis un moment posé la même question que votre ami : je ne savais pas trop à quel jeu vous jouiez.

— Ah bon ? Vous n'êtes pas très perspicace, pour un homme dont le métier est d'observer les gens !

— C'est tout de même vous qui avez invité ce Hansen à sortir sur la terrasse, non ?

Prodigieusement agacée par l'arrogance sarcastique de son interlocuteur, Allie annonça d'un ton sec :

— Décidément, je vois que rien ne vous échappe. Sachez néanmoins ceci, monsieur Stone : même si vous acceptez la proposition qui vous a été faite, je ne suis pas sûre, moi, d'avoir envie de vous comme garde du corps.

— Vous devriez en parler d'abord avec votre père.

— J'en ai bien l'intention.

Sur ces mots, la jeune femme commença de se diriger vers la maison d'une démarche qui se voulait digne. Un effort certes louable mais que ne facilitait pas sa robe trempée et son chignon qui lui dégringolait un peu plus sur la nuque à chaque pas.

Rafe la suivit sans se presser, les yeux rivés sur

la mince silhouette. Se rendait-elle compte de la façon dont sa robe moulait ses formes et de l'émoi que cela provoquait en lui ? s'interrogea-t-il. Oui, sans aucun doute... Les mannequins n'étaient pas des oies blanches, et avec ses grands yeux bruns, ses lèvres pulpeuses et ses longues jambes fines, Allison Fortune comptait parmi les femmes les plus sexy de sa génération. Rafe n'était pas moins sensible qu'un autre à la beauté féminine, et dès que son regard s'était posé sur Allison, dans le salon, il avait eu une envie irrépressible de s'approcher d'elle et de la toucher, juste pour voir si sa peau était aussi douce et satinée qu'elle en avait l'air.

Cette première pulsion était pourtant très anodine comparée à ce que Rafe éprouvait maintenant en regardant Allison marcher devant lui, souple et gracieuse malgré la robe mouillée qui entravait ses mouvements. Elle avait beau être svelte, elle n'était nullement androgyne : son corps possédait juste ce qu'il fallait de rondeurs, là où il le fallait.

C'était finalement une bonne chose qu'elle ne veuille pas de lui comme garde du corps, pensa Rafe. Il n'avait pas besoin de la somme d'argent pourtant très élevée demandée en paiement de ses services, et encore moins des complications que l'effet d'Allison Fortune sur sa libido risquait de causer. La réputation que lui avaient acquise dans certains milieux ses capacités à mener les opérations les plus dangereuses, comme l'infiltration de groupes terroristes ou la libération d'otages, lui apportait plus de clients qu'il ne pouvait en satisfaire. Sa réussite dans cette profession très particulière était due en grande partie au respect d'une règle fondamentale : ne jamais se laisser distraire de son objectif. Si des considérations personnelles venaient se mêler à sa mission, il était sûr de perdre la concentration et la lucidité parfaites que son travail exigeait.

Rafe avait en outre déjà eu une expérience malheureuse avec une jolie femme, et il n'était pas homme à commettre deux fois la même erreur. Phyllis ne possédait évidemment pas l'éclatante beauté d'Allison Fortune, mais son visage de poupée avait fait tourner plus d'une tête.

Elle avait mis fin à leur mariage trois ans plus tôt, quand il était devenu évident qu'aucune opération de chirurgie esthétique ne pourrait débarrasser son époux des cicatrices laissées par l'explosion de la bombe qui avait failli le tuer, lui et l'un de ses clients. Rafe veillait, depuis, à garder ses distances avec les femmes, et il s'étonnait donc d'être aussi sensible aux charmes de celle qui marchait en ce moment devant lui. Son intention de refuser la proposition de Jake Fortune se raffermissait à chaque pas.

Allison avait maintenant atteint l'escalier qui menait à la terrasse, et Rafe se demanda si elle comptait entrer dans le salon rempli de monde sans aller se changer d'abord. C'était probable : à en juger par le dossier qu'il avait constitué sur elle, il n'y avait pas beaucoup de parties de son anatomie qui n'avaient été photographiées et livrées à la curiosité du public.

Malgré ce qu'elle avait affirmé tout à l'heure à son Viking, cette femme jouait avec les gens ; les manœuvrer constituait même l'essence de son métier : quand elle posait en Bikini sur une plage des Caraïbes, comme pour la publicité pleine page récemment parue dans tous les magazines du pays, la plupart des femmes avaient envie de courir s'acheter ce maillot de bain, et la plupart des hommes de le lui enlever... Si ce n'était pas de la manipulation, ça, de quoi s'agissait-il ?

Rafe fut donc très surpris lorsque Allison, au lieu de gravir les marches, s'immobilisa et se tourna vers lui pour déclarer :

— Veuillez aller trouver mon père à l'intérieur et lui demander de me rejoindre dans la bibliothèque dans un quart d'heure.

Même du temps où il était légionnaire, Rafe détestait recevoir des ordres, mais comme il avait autant hâte que son interlocutrice de mettre fin à leurs brèves relations, il répondit avec une politesse appuyée :

— Bien, mademoiselle.

— Etes-vous aussi sarcastique avec tous vos clients potentiels ? s'écria la jeune femme d'un ton irrité.

— Non, dit Rafe.

Aucune de ses clientes potentielles passées ne l'avait non plus troublé à ce point, ajouta-t-il intérieurement. Comment un simple assemblage de chair et d'os pouvait-il exercer sur lui un tel attrait ? C'était insensé ! Même Phyllis ne lui avait jamais inspiré autant de désir.

Dieu merci, il ne reverrait jamais Allison Fortune.

Cette pensée rassura Rafe, et ce fut d'un pas décidé qu'il s'engagea dans l'escalier pour aller annoncer à Jake Fortune que le contrat ne l'intéressait pas.

# 2.

Rafe ne tarda pas, cependant, à se rendre compte que les manières affables et distinguées de Jake Fortune dissimulaient une nature extrêmement pugnace. Grand et mince, avec d'abondants cheveux gris et une élégance naturelle encore rehaussée par un costume à la coupe irréprochable, il se tenait près de l'immense bureau recouvert de cuir qui occupait le centre de la bibliothèque.

Lorsque Rafe lui eut signifié son refus de travailler pour lui, Jake croisa calmement les bras et annonça :

— Je double vos honoraires.

Cette offre donna à Rafe matière à réfléchir. Il connaissait la valeur de ses services et les facturait en conséquence, mais personne — y compris même parmi les gens les plus riches — ne proposait sans raison de payer plus que le prix normal. Le fait que Jake Fortune lui offre sans ciller le double de la somme initialement convenue avait donc une signification très précise : ce contrat de garde du corps présentait plus de risques qu'il ne le paraissait au premier abord.

Mais n'en allait-il pas de même la plupart du temps ? songea Rafe, désabusé. Ses cicatrices étaient là pour le prouver, et il avait choisi ce métier par goût des sensations fortes, alors...

Cependant, même si la perspective d'une grosse rémunération et d'un défi intéressant à relever l'avait tenté dans le cas présent, le souvenir de la flambée de désir qu'Allison Fortune avait allumée en lui aurait suffi à le faire persister dans son refus.

— Ce n'est pas une question d'argent, expliqua-t-il. Je suis un homme d'action, pas un baby-sitter.

Un petit rire retentit derrière lui. Il se retourna et vit une grande femme blonde debout dans l'embrasure d'une porte latérale.

— Pour mon mari, il n'y a aucun problème que l'argent ne puisse résoudre, monsieur Stone, observa-t-elle.

Une moue de contrariété contracta le visage de Jake Fortune, mais il reprit très vite son sang-froid et déclara :

— Entre, Erica ! Peut-être parviendras-tu mieux que moi à convaincre M. Stone d'assurer la sécurité de notre fille.

Quand Erica Fortune s'avança dans la lumière, Rafe lui trouva une certaine ressemblance avec Allison : elles avaient toutes les deux un port de déesse, un corps svelte et gracieux qui se mouvait avec un mélange inimitable d'aisance naturelle et de parfaite maîtrise de soi. La beauté d'Erica Fortune semblait néanmoins plus fragile, comme celle d'un objet précieux et délicat que le moindre choc risquait de faire voler en éclats.

Le dossier rassemblé par Rafe sur Allison Fortune incluait des informations concernant ses parents. Ancienne reine de beauté et première ambassadrice des produits Fortune Cosmetics, Erica avait vécu ce que les médias avaient appelé un conte de fées en épousant le fils de la fondatrice de l'entreprise. A en juger par la tension qui régnait dans la pièce depuis son arrivée, cependant, ce mariage n'avait pas été, ou n'était plus heureux.

Mais quelle que soit l'origine du malaise entre les deux époux, l'intérêt de sa fille dut paraître plus important à Erica, car l'expression de ses yeux verts s'adoucit lorsqu'elle s'adressa à Rafe pour plaider sa cause.

— Je vous en prie, monsieur Stone, acceptez de protéger Allie ! Je ne sais pas ce que mon mari vous a dit à propos des coups de téléphone qu'elle a reçus, mais ils nous inquiètent beaucoup.

— M. Fortune m'a parlé d'un admirateur de votre fille qui aurait réussi à avoir son numéro bien qu'elle soit sur liste rouge, et qui lui tient des propos érotiques.

— Erotiques ? Obscènes, oui ! Cet homme est un maniaque sexuel !

— Alors je suis de votre avis : votre fille a besoin d'un garde du corps tant que la police n'aura pas arrêté son persécuteur. Je ne suis cependant pas l'homme qu'il vous faut.

— Pourquoi ?

Rafe tripota nerveusement le nœud de sa cravate. Il ne pouvait tout de même pas avouer à Erica Fortune qu'il ne voulait pas passer deux semaines avec sa fille parce qu'elle lui inspirait à lui aussi des pensées érotiques !

— Ecoutez, madame Fortune..., commença-t-il.

— Appelez-moi Erica.

— Eh bien, Erica...

Le bruit de la porte principale de la bibliothèque qui s'ouvrait coupa la parole à Rafe, et l'apparition d'Allison sur le seuil lui coupa le souffle juste après.

De nouveau agacé par l'effet qu'elle produisait sur lui, il lâcha sa cravate et enfonça les mains dans ses poches.

Elle était ponctuelle, il fallait au moins lui reconnaître cette qualité. Elle avait mis moins d'un quart d'heure pour troquer sa robe de mousseline jaune contre un ensemble de soie turquoise composé d'un pantalon ample et d'une tunique brodée à col Mao. Si son maquillage avait souffert des projections d'eau causées par la chute du Viking dans le lac, il avait été refait en un temps record. Allison Fortune était redevenue une icône, lisse, parfaite et inaccessible.

Après avoir effleuré Rafe, son regard se fixa sur sa mère, et un léger froncement de sourcils plissa la peau fine de son front.

— Je croyais que cette idée de garde du corps venait de Jake, remarqua-t-elle, mais tu étais, toi aussi, au courant, maman ?

Intéressant..., songea Rafe. Allison appelait son père par son prénom, mais pas sa mère...

— Il m'en a parlé au début de la soirée, répondit Erica, quand M. Stone est arrivé.

— Vraiment ? Et pourquoi ne m'en a-t-il pas parlé à moi ?

Quand sa fille se tourna vers Jake Fortune, les traits de ce dernier se durcirent.

— Tu tiens toujours tellement à préserver ta vie privée ! observa-t-il. J'étais sûr que la perspective d'avoir quelqu'un à tes côtés vingt-quatre heures sur vingt-quatre te déplairait, et j'ai préféré attendre pour en discuter avec toi que M. Stone et moi soyons parvenus à un accord.

— Tu avais raison : la perspective de supporter la présence de M. Stone vingt-quatre heures sur vingt-quatre me déplaît. Il n'y aura donc pas d'accord.

Rafe faillit intervenir pour préciser que cette dispute était vaine dans la mesure où il n'avait pas l'intention d'accepter le contrat, mais son opinion en la matière ne semblait pour l'instant intéresser ni le père ni la fille.

— Je voudrais que tu y réfléchisses, insista Jake. Tu sais combien tu es importante pour...

— Pour Fortune Cosmetics, oui, je le sais.

— C'était « pour toute la famille » que j'allais dire. Je n'aime pas l'idée qu'un déséquilibré te harcèle et perturbe ta vie.

— Ainsi que la réalisation de tes publicités, ajouta Allison en fixant son père d'un air buté.

— Parle-lui, toi ! ordonna Jake à son épouse. Il est évident que je n'arriverai pas à me faire entendre d'elle.

Erica s'approcha de sa fille, lui posa doucement la main sur le bras et déclara :

— Je t'en prie, ma chérie, sois raisonnable ! Cette campagne n'est pas d'un intérêt capital uniquement pour Fortune Cosmetics : elle l'est aussi pour ta carrière.

— Je compte abandonner ensuite le métier de mannequin et me consacrer entièrement au cinéma, tu te souviens ?

— Oui, bien sûr, et je te comprends. La mode et la publicité sont des milieux très durs, où la valeur d'une femme se mesure à sa seule apparence. On peut malheureusement rencontrer ce genre de comportement ailleurs...

La voix mélodieuse d'Erica exprimait une profonde amertume. Son mari se raidit mais, si elle s'en aperçut, rien dans son attitude ne le montra.

— Tu as encore de belles années devant toi en tant que top model, Allie, reprit-elle. Tu devrais attendre pour changer complètement ton fusil d'épaule.

— Ecoute, maman...

— Tu es plus photogénique que je ne l'ai jamais été, et tu as accepté de lancer notre nouvelle ligne... Si elle remporte autant de succès que nous l'espérons, ce sera l'apogée de ta carrière. J'aurais juste préféré que ces photos se fassent en studio, et pas en décor naturel... Le fait que tu doives te retrouver seule pendant deux semaines dans un coin perdu du Nouveau-Mexique m'inquiète beaucoup.

— Un hôtel cinq-étoiles situé à quelques kilomètres de Santa Fe n'est pas ce que j'appellerais un coin perdu ! observa Allie en souriant. Et je ne serai pas seule : tu sais comme moi qu'il faut toute une équipe de techniciens pour réaliser un travail comme celui-là.

Plus tard, Rafe se dirait que, sans ce sourire et la lueur de tendre indulgence qui s'était allumée dans les yeux de la jeune femme, il aurait immédiatement quitté la bibliothèque au lieu de rester cloué sur place, surpris et fasciné de découvrir en Allison Fortune une personne capable d'humour et de compréhension.

— Ce fou a pourtant juré de trouver un moyen d'arriver jusqu'à toi et de te prouver son amour, souligna Erica.

L'auteur des coups de téléphone devait avoir également proféré des menaces, devina Rafe, sinon Allison n'aurait pas détourné son visage aussi vite pour cacher à sa mère l'expression de frayeur qui s'y était peinte.

Rafe, lui, eut le temps de la voir avant qu'elle ne disparaisse, et il pesta intérieurement : pourquoi fallait-il que cette gravure de mode se transforme soudain en un être de chair et de sang, avec ses qualités et ses faiblesses ? Il n'aurait eu aucun scrupule à laisser le top model impassible et hautain résoudre ses problèmes sans lui, mais la femme qui refusait de montrer sa peur à sa famille l'intriguait et l'émouvait en même temps. Il ne pouvait s'empêcher de se demander quels autres secrets elle dissimulait sous le masque de son éclatante beauté.

Sous l'effet d'une impulsion subite, il décida alors d'accepter la proposition de Jake Fortune. Pourquoi ne pas aller passer deux semaines au Nouveau-Mexique, protéger Allison contre les entreprises de ce désaxé et empocher en prime des honoraires fabuleux ? L'émoi de la première rencontre passé, il parviendrait bien à s'immuniser contre le désir qu'elle lui inspirait. L'expérience lui avait appris à ne jamais nouer de relations personnelles avec ses clients et il avait bien l'intention de persister dans cette attitude. A condition, bien sûr, que l'intéressée soit d'accord et veuille bien jouer à ce jeu-là selon les règles qu'il lui imposerait...

Erica rompit le silence qui s'était installé dans la pièce en déclarant d'une voix un peu étranglée :

— Je te supplie de changer d'avis, ma chérie ! Nous avons déjà trouvé désagréable d'apprendre par la police new-yorkaise, qui pensait pouvoir te joindre ici, que tu étais persécutée par un psychopathe ! Alors ne nous rends pas en plus fous d'inquiétude en refusant de prendre quelques précautions jusqu'à ce qu'il soit arrêté !

— Je suis désolée, dit Allison. J'aurais dû te parler moi-même de ces coups de téléphone, mais je ne voulais pas t'alarmer, toi et les autres membres de la famille. Vous avez tous suffisamment de problèmes depuis la mort de Kate.

— Il y a au moins un souci dont tu as le pouvoir de nous débarrasser, remarqua Jake. Il te suffit pour cela de laisser M. Stone assurer ta protection.

Allison parut réfléchir, puis elle annonça sans regarder son père :

— Entendu, mais à certaines conditions.

— Je n'en accepterai aucune qui mette votre sécurité en péril, prévint aussitôt Rafe.

— Quant à moi, j'ai aussi certaines habitudes que je n'accepterai pas de changer. Je cours tous les matins, par exemple, et, quand je travaille, il me faut huit heures de sommeil minimum par nuit. Tout ce que je vous demande, monsieur Stone, c'est d'adapter vos procédures de surveillance aux contraintes de mon emploi du temps.

Bien que le jogging n'eût jamais compté parmi les sports préférés de Rafe, il se sentait tout à fait prêt à accompagner Allison dans ses sorties matinales : cela ferait partie de son travail. Quant aux huit heures de sommeil...

Il chassa avec effort l'image troublante de la jeune femme endormie et dit de mauvaise grâce :

— Ça ne devrait pas poser de problème.

Visiblement aussi peu enthousiasmée que lui par la pensée des deux semaines à venir, Allison déclara après un moment d'hésitation :

— Bon, je vous laisse maintenant discuter des termes de votre contrat avec mon père. Rendez-vous demain matin à l'aéroport ! Notre avion décolle à 10 heures.

— Je suis soulagée de voir cette affaire réglée, observa Erica tandis que sa fille lui effleurait la joue d'un baiser, puis se dirigeait vers la porte.

— Elle ne l'est pas encore tout à fait, intervint Rafe.

Allie s'arrêta net, tourna la tête et le considéra d'un air interrogateur.

— Avant d'accepter d'assurer votre sécurité, mademoiselle Fortune, expliqua-t-il, j'ai moi aussi quelques conditions à poser. Deux, exactement.

— Je vous écoute.

— Primo, les promenades romantiques au bord d'un lac, ou dans tout autre endroit, vous seront désormais interdites à moins que je ne sois là pour vous servir de chaperon.

Habituée à refouler ses émotions au profit de celles que les photographes voulaient lui faire exprimer, la jeune femme resta de marbre malgré son envie de dire à Rafe Stone d'aller au diable.

Au fond d'elle-même, en effet, elle commençait à penser qu'un garde du corps ne serait pas forcément inutile. Car les précautions dont elle s'entourait d'ordinaire pour se protéger de ses admirateurs trop zélés risquaient de ne pas être suffisantes dans ce cas précis : les coups de téléphone qui la réveillaient la nuit contenaient des menaces de plus en plus inquiétantes. Ils l'obsédaient, et elle craignait que cela ne l'empêche de se concentrer sur son travail, au Nouveau-Mexique. Sa sœur aînée, ses parents et le reste de la famille avaient tout misé sur cette campagne publicitaire, et rien, par conséquent, ne devait venir en perturber la réalisation.

Rafe Stone avait, certes, des manières brusques, mais n'était-ce pas justement cela qui avait persuadé Dean Hansen de battre en retraite devant lui ? De toute façon, elle n'avait besoin d'un garde du corps que pendant deux semaines, trois au maximum — si les photos en décor naturel prenaient du retard par rapport au calendrier établi. Quelques séances en studio étaient ensuite prévues, mais elle pourrait alors bénéficier, comme les semaines précédentes, de la protection très efficace de la police new-yorkaise.

— J'accepte votre première condition, déclara Allie. En quoi consiste la deuxième ?

— Si votre sécurité me semble en quoi que ce soit menacée, je veux que vous obéissiez à mes ordres, immédiatement et sans discuter.

Ayant assez de bon sens pour comprendre qu'en cas de danger, mieux valait s'en remettre à un professionnel, elle acquiesça de la tête.

— Une dernière chose, annonça son interlocuteur. Nous nous rendrons ensemble à l'aéroport, demain matin. Je passerai vous chercher à 9 heures.

— Entendu, monsieur Stone.

— Appelez-moi Rafe !

— D'accord. Et vous, appelez-moi Allie.

Quand la jeune femme lui tendit la main, Rafe s'approcha et la lui serra, mais en la gardant dans la sienne un peu plus longtemps que ne le prescrivaient les règles de la politesse. Elle avait des doigts fins et délicats, dont le contact faisait monter le long du bras de Rafe une onde de chaleur qui se propagea rapidement dans son corps tout entier...

Ce fut elle, finalement, qui retira sa main, et il dut se retenir pour ne pas la reprendre.

Quinze jours..., pensa-t-il sombrement. Il avait passé une période de temps égale à plat ventre dans la poussière, sous le soleil implacable du sud de l'Espagne, à surveiller la maison isolée où se cachaient des terroristes... S'il avait été capable de les traquer et de les maîtriser ensuite un par un, il pouvait certainement survivre à deux semaines en compagnie d'Allison Fortune !

Il fallait l'espérer, en tout cas.

*
**

Le lendemain matin à 8 h 30, Allie finissait de faire ses bagages, mais elle n'en regrettait pas moins d'avoir cédé aux instances de ses parents. L'idée de devoir supporter la présence constante de Rafe Stone pendant quinze à vingt jours l'angoissait, et elle avait mal dormi. Les commentaires acides de sa sœur jumelle, qui lui avait reproché de s'être encore soumise aux diktats de Jake, ne l'avaient pas non plus aidée à trouver le sommeil.

Et voilà que Rocky repartait à l'attaque, entonnant de nouveau le refrain que seule la menace d'Allie de la bâillonner l'avait persuadée d'interrompre, la veille au soir...

Perchée sur l'un des lits de la chambre que les deux sœurs partageaient depuis leur enfance, elle grondait sa jumelle avec le franc-parler qu'autorisait leur profonde complicité :

— Tu aurais dû envoyer Jake promener quand il t'a demandé de poser pour cette campagne ! Tu es épuisée : entre tes cours de comédie, tes défilés de mode et tes photos publicitaires, tu n'as pas une minute à toi ! Si on ajoute à ça les avances intempestives de ce crétin de Dean Hansen et les coups de fil du cinglé qui te harcèle, je te prédis une dépression nerveuse d'ici un mois... Tu sais ce qu'il te faut ?

— Non.

— Une liaison, brève mais torride.

— Tu divagues !

— Pas du tout ! Tu as besoin d'un homme qui te

permettrait de te détendre et de profiter un peu de la vie. Essaie cependant d'en trouver un que ta beauté ne transformera pas en amoureux transi.

— Ce dont j'ai besoin, c'est de tranquillité, répliqua Allie en rangeant une chemise de nuit dans sa valise.

— Tu dis ça pour moi ou pour Jake ?

— Les deux.

— Si tu es capable de me remettre à ma place, pourquoi n'es-tu pas aussi franche avec Jake ?

— Parce que je suis différente de toi ; je n'ai pas une âme de rebelle.

— Menteuse ! Tu n'hésitais pas à défier l'autorité familiale, autrefois, mais tu le faisais avec des airs tellement angéliques que seules Kate et moi voyions clair dans ton jeu. C'est juste depuis sa mort que tu laisses Jake, Caroline et les autres contrôler ta vie.

Allie sentit une douleur maintenant familière lui transpercer le cœur, et son regard se dirigea automatiquement vers la boîte à musique posée sur la commode.

Sa grand-mère connaissait sa fascination pour cet objet ancien, acheté chez un antiquaire à une époque où les jumelles étaient encore petites filles. Elle les avait autorisées à jouer avec, car elle disait toujours que rien au monde n'égalait en prix la joie d'un enfant.

Plus remuante que sa sœur, Rocky s'était vite lassée de regarder le manège miniature qui tournait au son de la mélodie, mais la danse des minuscules chevaux sculptés dans le métal avait émerveillé Allie pendant toute son enfance.

Bien qu'abîmée par des années d'utilisation, cette boîte à musique était le souvenir le plus cher qu'elle avait de sa grand-mère, d'autant que Kate la lui avait personnellement léguée.

Abandonnant ses préparatifs, Allie s'approcha de la commode et actionna la clé qui commandait le mécanisme. Ses doigts s'arrêtèrent d'eux-mêmes après le nombre de tours qui permettait au manège d'évoluer exactement à la bonne vitesse — ni trop vite ni trop lentement.

Elle lâcha la clé, et une polonaise de Chopin commença de s'égrener note à note tandis que les petits chevaux s'animaient, montant et descendant au rythme de la mélodie.

Lorsque la musique se tut, Rocky murmura tristement :

— Mon Dieu ! Comme elle me manque...

— A moi aussi, dit Allie d'une voix étranglée.

Puis elle alla sortir la chemise de nuit de sa valise, enveloppa soigneusement la boîte dedans et mit le tout entre deux couches de sous-vêtements.

— C'est pour cela que je n'ai pas envoyé Jake promener, déclara-t-elle. Kate a consacré sa vie au développement des laboratoires Fortune Cosmetics, et si je peux faire quelque chose pour les empêcher de sombrer, je le ferai.

— A toi de juger, mais j'aimerais que tu me laisses vous emmener au Nouveau-Mexique, toi et le gorille que notre cher père a engagé. J'ai envie de le secouer un peu, pour voir s'il a des tripes.

— Tu comprends, maintenant, pourquoi je refuse de monter dans un avion dont tu tiens les commandes ? La dernière fois, tes acrobaties m'ont rendue malade et ont éparpillé le contenu de mon sac à main dans toute la cabine... Les pilotes de ligne, eux, n'effectuent pas des loopings !

— Ce n'était pas un looping, en l'occurrence, mais une vrille.

— Vrille ou looping, j'en garde un très mauvais souvenir, et je ne compte pas renouveler l'expérience, décréta Allie en fermant sa valise. A présent, si tu veux jeter un coup d'œil à Rafe, tu n'as qu'à descendre avec moi : il vient me chercher à 9 heures.

— Qui est Rafe ?

— Mon « gorille ».

Rocky posa sur sa sœur un regard scrutateur, puis observa :

— Cette idée de garde du corps n'est peut-être pas si mauvaise, finalement... Vous allez passer deux semaines ensemble dans le désert, juste toi et lui...

— Et une quarantaine de techniciens !

— Peu importe... En tout cas, je t'accompagne en bas. Il faut absolument que je voie ce type.

— Dépêche-toi, alors ! Il sera là d'une minute à l'autre, et je ne veux pas le faire attendre.

— Oui, madame ! A vos ordres, madame ! s'écria Rocky avec un salut moqueur à l'adresse de sa sœur.

Une demi-heure plus tard, Allie était dans le vestibule, son pied battant nerveusement la mesure sur le parquet ciré. Restée seule après que Rocky l'eut abandonnée pour aller se préparer du café dans la cuisine, elle n'avait que son irritation grandissante contre Rafe Stone pour lui tenir compagnie.

La jeune femme remonta la manche de sa tunique rose et consulta de nouveau sa montre. Elle supportait les retards avec plus de patience, d'habitude. Dans sa profession, ils étaient inévitables : les photographes changeaient toujours dix fois d'objectif avant de trouver celui qui leur convenait le mieux, et les accessoires disparaissaient mystérieusement au moment précis où on en avait besoin.

Si le manque de ponctualité de Rafe l'ennuyait autant, c'était en fait parce qu'il renforçait ses doutes sur le bon fonctionnement de l'accord qu'ils avaient conclu : Rafe s'était engagé à tenir compte de ses contraintes à elle, et voilà qu'il rompait cette promesse dès le premier jour...

Le carillon résonna enfin, et Allie se dépêcha d'ouvrir la porte. La cravate aux couleurs criardes la fit grimacer ; elle l'avait intriguée, la veille au soir, mais là, à la lumière du jour, elle lui offensait carrément la vue.

— Bonjour, dit sèchement la jeune femme avant de se pencher pour prendre sa valise. Dépêchons-nous de partir ! Les autres nous attendent à l'aéroport, et ils se demandent sûrement ce qui nous est arrivé.

Les mâchoires de Rafe se crispèrent imperceptiblement. Au bout de trois ans, il était habitué à la réaction que ses cicatrices provoquaient chez les gens, et la grimace involontaire d'Allie, ainsi que son accueil froid, n'auraient donc pas dû l'affecter. Ils l'affectaient pourtant — sans doute parce qu'ils venaient s'ajouter à une nuit pratiquement blanche et aux longues heures passées ce matin au téléphone pour savoir où en était l'enquête sur les appels reçus par la jeune femme. Rafe détestait être en retard, et les informations qu'il avait finalement obtenues de la police new-yorkaise avaient en outre confirmé ses pires craintes, si bien qu'il ne se sentait pas très enclin, lui non plus, à se montrer aimable.

— Il faudra que les autres attendent encore un peu, répliqua-t-il. Vous devez vous changer. Votre tenue est trop voyante.

Ce n'était pas le pantalon de soie noire d'Allie qui le dérangeait, mais sa tunique rose vif, ornée d'une soutache et bordée d'un galon argenté. Elle attirerait immanquablement le regard de tous les hommes, surtout avec une femme aussi belle dedans !

— Je vais vous confier l'un des secrets de ma profession, reprit Rafe. A moins de vouloir servir d'appât au chasseur, le gibier a tout intérêt à passer inaperçu.

Il comprit tout de suite que sa cliente n'appréciait pas beaucoup d'être qualifiée de gibier, mais après avoir entendu le compte rendu qu'elle avait fait à la police des appels de son persécuteur, il ne pouvait la définir autrement.

Les yeux d'Allie se posèrent sur son visage, s'y attardèrent un instant, puis descendirent vers son cou, et il se raidit.

— J'aurais certainement moins de mal à passer inaperçue si mon garde du corps n'arborait pas une cravate rouge, orange et mauve, remarqua la jeune femme.

Avait-il mal interprété sa réaction, quand elle avait ouvert la porte ? se demanda Rafe. Il avait lui-même grimacé en voyant la cravate en question pour la première fois, mais c'était là le cadeau d'une petite fille de cinq ans enlevée par son père divorcé et retenue ensuite prisonnière dans une secte de dangereux fanatiques. Rafe avait réussi à la délivrer, et Jody lui avait offert en remerciement cette cravate — qu'elle avait choisie elle-même, lui avait-elle dit d'un ton solennel. Rafe s'était alors empressé de la mettre pour lui faire plaisir. Il la considérait, depuis, comme une sorte de talisman qui, dans le cas présent, remplissait par ailleurs une fonction précise.

— En attirant l'attention des autres sur moi, je la détourne de vous, expliqua-t-il. Cette cravate y contribue presque autant que mes cicatrices.

Cette allusion aux marques qui le défiguraient lui valut un regard étonné de la part de son interlocutrice. L'expérience avait enseigné à Rafe que la plupart des gens préféraient éviter le sujet, mais il n'avait jamais été homme à esquiver les problèmes.

— Vous y contribueriez aussi en vous habillant de façon plus sobre, conclut-il.

Il s'attendait à des protestations — quelle jolie femme renoncerait de bonne grâce à mettre sa beauté en valeur ? Il fut donc surpris quand, après avoir posé sa valise en silence, Allie l'invita de la main à entrer.

— J'ai laissé presque toute ma garde-robe à New York, dit-elle en refermant la porte derrière lui, mais je peux emprunter un jean et un T-shirt à Rocky.

Il fallut quelques secondes à Rafe pour comprendre qu'elle parlait de Rachel, sa sœur jumelle.

— Vous voulez boire une tasse de café, pendant que je vais me changer ? demanda-t-elle.

— Non, merci.

— Restez là. Je n'en ai pas pour longtemps.

Lorsque la jeune femme se fut éloignée, Rafe enfonça les mains dans ses poches, s'adossa au mur et parcourut des yeux le vestibule ainsi que l'immense salon qui s'étendait au-delà. La maison était remplie de monde, le soir précédent, et si Rafe en avait noté la magnificence, le bruit et l'agitation l'avaient empêché d'en apprécier tout le caractère.

Elle lui apparaissait ce matin sous un jour très différent. Les rayons du soleil, qui entraient par la fenêtre ovale placée au-dessus de la porte d'entrée, donnaient au parquet de chêne une teinte dorée. De gros bouquets de fleurs ajoutaient des notes de couleur vive aux tapisseries vert et bleu pâle qui recouvraient les sièges du salon. La demeure des Fortune avait beau être d'une taille imposante, elle n'en était pas moins accueillante et chaleureuse.

Rafe ne pouvait en dire autant de l'appartement de Miami dans lequel il s'était installé après son divorce. Bien que grand et confortable, il ne possédait pas ce quelque chose d'indéfinissable qui donnait à l'occupant d'un lieu le sentiment d'y être chez lui. Peut-être était-ce dû au fait que Rafe y passait à peine quelques jours par mois. L'espace d'un instant, il joua avec l'idée de retrouver le soir, après le travail, un domicile alliant beauté, élégance et raffinement... et une femme dotée des mêmes qualités. Une femme comme Allie.

L'absurdité de cette pensée lui apparut cependant très vite : son premier mariage lui avait servi de leçon ; jamais il ne retenterait l'expérience.

Un bruit de pas interrompit ses réflexions. C'était Allie qui revenait, et Rafe regretta aussitôt de l'avoir obligée à se changer : le jean délavé qui remplaçait le pantalon de soie noire moulait si étroitement ses hanches minces et ses jambes interminables que tout homme normalement constitué ne pouvait manquer de la dévorer du regard en la croisant.

Bizarrement, pourtant, sa nouvelle tenue la rendait... différente. Rafe eut d'abord du mal à discerner en quoi. Ses longs cheveux auburn retombaient toujours sur ses épaules en une masse souple et ondoyante, sa bouche sensuelle et ses yeux bruns bordés de longs cils ne portaient pas plus de maquillage que cinq minutes plus tôt...

Non, cette transformation ne concernait pas sa seule apparence, se dit-il ensuite, mais bien plutôt l'impression générale qui se dégageait d'elle. C'est alors qu'il comprit.

La femme qui venait d'entrer dans la pièce n'était pas Allison, mais Rachel, sa sœur jumelle — une vraie jumelle, était-il précisé dans le dossier que possédait Rafe. Effectivement. Car il avait beau être prévenu, jamais il n'aurait cru qu'une telle similitude physique pût exister : les deux sœurs se ressemblaient trait pour trait, seules l'attitude de calme sophistication d'Allie et la plus grande liberté d'allures de Rachel permettant de les distinguer.

Rafe s'en voulut de ne pas avoir tout de suite deviné, à la démarche décidée et au regard insolent de la jeune femme qui s'approchait, qu'il ne s'agissait pas d'Allie.

— Vous devez être Rocky, lui dit-il lorsqu'elle se fut arrêtée à sa hauteur.

— Exact ! Et vous, vous êtes bien le gorille annoncé ?

Avant que Rafe n'ait eu le temps de répondre,

Allie reparut dans le vestibule. Contrairement à ce qu'il avait vaguement espéré, elle portait un jean aussi étroit que celui de sa sœur, et si le T-shirt uni et la veste droite qui complétaient sa tenue la rajeunissaient, elle avait maintenant l'air de l'étudiante la plus sexy qu'un homme ait jamais rêvé d'avoir pour voisine en salle de cours.

Apparemment, le seul moyen d'empêcher tous les regards de se poser sur elle, songea-t-il avec ironie, c'était de l'envelopper des pieds à la tête dans une couverture.

Il sortit un petit boîtier de sa poche et le tendit à Allie en déclarant :

— Accrochez ça à votre ceinture et veillez à l'avoir toujours à portée de la main.

— Qu'est-ce que c'est ? demanda-t-elle.

— Un dispositif de localisation et d'appel d'urgence.

— Comment fonctionne-t-il ? Je ne vois aucune touche.

— Il n'y en a pas. En cas de danger, il vous suffira de le serrer entre vos doigts. La pression et la chaleur de votre peau déclencheront un signal sur un récepteur qui ne me quittera pas, lui non plus. Le reste du temps, votre appareil émettra en continu un signal réglé sur une fréquence que seul le mien peut capter.

— En continu ?

— Oui, afin qu'à toute heure du jour et de la nuit, je sache où vous trouver.

— Je connaissais l'existence de ces bipeurs, intervint Rocky. C'est l'armée qui les a mis au point, mais ils sont à présent en vente dans le commerce, et les gens les achètent pour ne pas perdre leur chien.

Le visage d'Allie se rembrunit.

— Je n'aime pas trop l'idée d'être tenue en laisse, observa-t-elle.

— Votre sécurité dépend du respect d'un ensemble de règles, expliqua Rafe. Si vous refusez de vous plier à une seule, toutes les autres ne seront d'aucune utilité.

Au ton brusque de Rafe, Allie comprit que c'était à prendre ou à laisser : soit elle lui obéissait sans discuter, soit il renonçait à la protéger. Les mâchoires serrées, elle saisit le boîtier et le fixa à sa ceinture.

— Allons-y ! marmonna-t-elle ensuite. Nous sommes en retard.

Vingt minutes après, Rafe arrivait à l'aéroport. Sur les indications d'Allie, il contourna le terminal et arrêta sa voiture de location le long d'un hangar privé. La jeune femme lui avait expliqué en chemin qu'une partie de l'équipe technique voyagerait avec eux dans un petit avion affrété par Fortune Cosmetics.

Ce qu'elle avait omis de lui dire, en revanche, c'était que la moitié des habitants de Minneapolis profiteraient de l'occasion pour venir l'admirer.

Une multitude de gens se pressaient en effet devant l'entrée du hangar. Au moment où Rafe ouvrait la portière à sa passagère, une silhouette jaillit de la foule. Il se raidit, prêt à bondir, et ne se détendit qu'à demi en constatant qu'il s'agissait d'une adolescente.

— Bonjour, Allie ! s'écria-t-elle. On a appris que vous partiez ce matin... Vous voulez bien me signer mon T-shirt ?

Rafe n'eut pas le temps d'intervenir ; l'interpellée descendait déjà de la voiture et répondait gentiment à son admiratrice :

— Volontiers ! Tu as un stylo ?

A peine avait-elle accédé à cette première requête qu'une jeune fille un peu plus âgée s'approchait et déclarait d'une voix timide :

— Je me suis constitué un book... Ça vous ennuierait d'y jeter un coup d'œil et de me donner votre avis ?

En l'espace de quelques minutes, Allie fut entourée par un essaim d'adolescentes, dont certaines désiraient des autographes, d'autres des conseils pour devenir mannequin... Le reste de l'attroupement se composait essentiellement d'hommes en bleu de travail — des mécaniciens de piste et des agents d'entretien, à en juger par les logos de compagnies aériennes cousus sur leurs combinaisons. Ils observaient la scène d'un œil avide, en se chuchotant parfois à l'oreille des commentaires qui amenaient un sourire salace sur leurs lèvres.

Cette grossièreté faisait bouillir Rafe, mais Allie, elle, semblait y être indifférente. Elle prit le temps d'écouter et de satisfaire chacune de ses solliciteuses avant de se diriger vers le hangar. Les hommes s'écartèrent pour la laisser passer et, quand elle eut atteint la porte, Rafe se retourna afin de chercher au milieu de la foule l'employé de l'agence de location à qui il devait remettre les clés de la voiture.

Rafe n'avait pas quitté sa cliente des yeux depuis dix secondes qu'elle poussa un cri. Il pivota sur ses talons et vit, atterré, un bras s'enrouler autour du cou de la jeune femme et la tirer en arrière.

# 3.

Le sang de Rafe ne fit qu'un tour : se ruant à l'intérieur du hangar, il sauta sur l'agresseur d'Allie.

L'instant d'après, la jeune femme se remettait debout, la poitrine haletante, tandis que son assaillant était allongé à plat ventre sur le sol. Rafe lui avait coincé le bras droit entre les omoplates et fermement planté son genou dans les reins. Quand l'homme proféra une obscénité et tenta de se libérer de la prise qui l'immobilisait, une torsion plus violente de son bras l'en dissuada aussitôt.

— Cassez-moi l'autre si vous voulez, mais pas celui-là ! cria-t-il. J'en ai besoin pour travailler !

— Lâchez-le, Rafe ! s'exclama Allie au même moment. C'est Dom, le photographe !

Ledit Dom tourna la tête dans sa direction, en s'égratignant le nez sur le ciment au passage, et ce fut alors seulement que Rafe remarqua ses cheveux... ou plutôt leur absence sur tout le côté gauche de la tête, complètement rasé. Une crinière noire recouvrait l'autre côté, et Rafe trouva l'effet produit aussi déconcertant que lors de sa première rencontre avec cet homme, la veille, chez les Fortune.

— Je vous en prie, Rafe, laissez-le se relever! insista Allie. Je vous répète que c'est Dom... enfin, Dominic Avendez, mon photographe !

Rafe finit par obéir. Avendez se redressa, se frotta le poignet et considéra son agresseur d'un air furibond. Quand il vit les cicatrices, cependant, son regard devint fuyant et, interrompant son examen, il se tourna vers Allie pour lui demander :

— Qui c'est, ce type ?

— C'est...

— Je m'appelle, Rafe, Rafe Stone, indiqua Rafe, et je suis le garde du corps de Mlle Fortune.

— Son garde du corps ? Depuis quand a-t-elle besoin d'un garde du corps ?

Après avoir adressé à Rafe un regard d'avertissement, Allie répondit :

— Cette campagne de publicité est si importante que Jake ne veut voir rien ni personne en perturber la réalisation. Il a engagé M. Stone pour éloigner de moi les importuns.

— L'idée n'est pas mauvaise, mais ton M. Stone ferait bien de modérer ses ardeurs ! S'il m'avait estropié, il n'y aurait pas eu de campagne publicitaire du tout !

— Tu as encore mal ?

— Oui !

— Je vais t'aider à monter dans l'avion.

La jeune femme s'approcha d'Avendez qui esquissa un geste pour lui passer un bras autour du cou avant de jeter un coup d'œil méfiant à Rafe et d'enlacer finalement la taille d'Allie. Il devait avoir l'habitude de la prendre par le cou, songea Rafe, mais la douloureuse expérience de tout à l'heure l'avait rendu prudent.

Le mannequin et son photographe formaient un couple inattendu, nota-t-il en les regardant se diriger vers le petit jet stationné, portes ouvertes, au fond du hangar. Allie dépassait l'homme d'une demi-tête, et son épaisse toison auburn offrait un contraste saisissant avec le crâne mi-rasé, mi-chevelu, de son compagnon. Ils étaient cependant bons amis — très bons amis, même : l'attitude d'Allie envers Dominic Avendez témoignait d'une affection et d'une sollicitude sincères.

Elle ne lui avait pourtant pas parlé des coups de téléphone, et Rafe trouvait cela étrange. Pourquoi ne voulait-elle pas que le photographe connaisse la véritable raison de la présence soudaine d'un garde du corps à ses côtés ?

Et comme elle avait aussi refusé, la veille, de montrer sa peur à ses parents, Rafe se dit qu'elle était décidément très secrète. La femme qui se cachait derrière la façade lisse du top model l'intriguait de plus en plus.

Au moment où il se penchait pour ramasser son sac de voyage, tombé sur le sol quand il avait bondi sur Avendez, un rire sonore retentit derrière lui. Il se retourna et vit une petite femme replète, aux cheveux bruns coupés court, qui le fixait d'un air amusé.

— La dernière fois que Dom s'est égratigné la figure par terre, déclara-t-elle d'une voix étrangement rauque, il était en train de pointer son objectif sous la jupe d'Allie. Cette photo a fait vendre plus de collants qu'aucune autre dans toute l'histoire de la publicité pour les sous-vêtements... Je me présente : je suis Xola, l'assistante de Dom. Je cumule les fonctions d'accessoiriste et d'habilleuse.

Rafe serra la main qu'elle lui tendait, et il ne fut pas surpris de sentir ses doigts emprisonnés dans une poigne de fer. Xola devait mesurer dans les un mètre soixante, c'est-à-dire vingt-cinq bons centimètres de moins que lui, mais il n'en émanait pas moins d'elle une impression de vigueur et d'énergie. Elle semblait simple, franche et cordiale ; Rafe la trouva immédiatement sympathique.

— Bienvenue dans l'équipe ! reprit-elle.

— Merci. J'aimerais que tous ses membres partagent vos bonnes dispositions à mon égard.

Cette observation fut accompagnée d'un regard appuyé vers le photographe en train de monter dans le jet, et Xola s'exclama avec un grand rire :

— Ne vous inquiétez pas pour Dom ! Il est coléreux, mais Allie réussit toujours à le calmer. Venez, maintenant, sinon l'avion décollera sans nous. Allie est très pointilleuse sur le respect des horaires, au cas où vous ne l'auriez pas encore remarqué.

— Si, je l'ai remarqué ! Allez-y, vous, et dites-lui que je vous rejoins dans une minute. Il faut juste que je remette les clés de ma voiture de location à l'employé de l'agence.

En ressortant du hangar, Rafe songea que les jours suivants s'annonçaient très chargés : en plus d'assurer la protection d'Allie, il allait devoir se renseigner sur chacun des membres de l'équipe technique — et notamment sur un certain Dominic Avendez.

Le temps d'arriver au Rancho Tremayo, ancienne hacienda située à une dizaine de kilomètres au nord de Santa Fe où le reste du groupe s'était déjà rassemblé, Rafe avait appris que sa cliente n'était pas seulement pointilleuse en matière de ponctualité.

Son régime alimentaire, par exemple, paraissait soumis à des règles très strictes : pendant le vol, elle avait poliment refusé les barres chocolatées, biscuits et autres sachets de cacahuètes salées que Xola avait distribués autour d'elle. Rafe, lui, les avait acceptés avec reconnaissance, car il n'avait eu ni le temps, ni même l'idée, de se munir de provisions pour le long voyage.

Habitué à des nourritures plus substantielles, son estomac criait cependant encore famine, et la bonne odeur de bœuf à la sauce piquante qu'il sentit en passant devant le restaurant de l'hôtel lui fit monter l'eau à la bouche. Il était en train de traverser la vaste cour intérieure de l'hacienda avec Allie et le directeur de l'établissement, qui avait tenu à emmener lui-même la jeune femme jusqu'à son logement.

Rafe décida d'aller se restaurer une fois sa cliente installée. Il pensait que ce serait l'affaire de dix minutes à peine, mais c'était sans compter avec l'une des autres particularités d'Allie : sa propension à changer les règles du jeu quand cela l'arrangeait.

Tout se passa d'abord fort bien : le bungalow qui lui avait été attribué la ravit. Elle complimenta notamment le directeur sur la tenture d'inspiration navajo accrochée au-dessus de la cheminée du séjour et sur l'ensemble harmonieux formé par les murs de pisé rose pâle et le carrelage mauve à incrustations turquoise.

Le directeur bredouilla quelque chose à propos des tons apaisants des pierres du désert, puis guida la jeune femme vers l'arcade ouverte qui séparait le séjour de la chambre à coucher. Il ne devait pas s'être encore complètement remis de l'effet combiné produit par l'éblouissante beauté d'Allie, la coiffure singulière d'Avendez et le rire sonore de Xola, pensa Rafe.

Pendant que ses compagnons bavardaient, il inspecta les ouvertures des trois pièces du bungalow. Les fenêtres de la chambre étaient situées en hauteur, nota-t-il avec satisfaction, et dotées de bons systèmes de fermeture. La minuscule cuisine avait une porte qui donnait directement dehors, mais était équipée d'un gros verrou intérieur. La serrure de la porte principale, en revanche, était d'un modèle qui n'aurait pas résisté plus de trente secondes au cambrioleur le moins expérimenté.

— Je veux qu'un serrurier vienne sur-le-champ poser un verrou de sûreté, déclara Rafe au directeur. Il nous faudra deux clés, mais seulement deux : l'une pour moi, l'autre pour Mlle Fortune.

— Mais... mais les femmes de ménage doivent pouvoir entrer..., balbutia l'homme. Et le personnel d'entretien aussi, en cas de problème de...

— Mlle Fortune ou moi serons là pour ouvrir aux femmes de ménage et refermer derrière elles. Quant au personnel d'entretien, prévenez-moi s'il a besoin d'accéder au bungalow.

Le directeur se tourna vers sa cliente et la fixa d'un air interrogateur. Elle hésita, puis confirma d'un signe de tête les ordres de Rafe. Celui-ci crut tous les problèmes réglés, mais ce fut justement ce moment-là que choisit Allie pour le braver.

— Le serrurier devra toutefois nous remettre trois clés, décréta-t-elle. Il faut que Dom en ait une.

Rafe se força à ignorer la violente irritation qui le saisit aussitôt. Les gens avec qui la jeune femme passait son temps libre et la façon dont elle le passait ne le regardaient pas, à condition qu'elle respecte certaines règles. Il n'avait pas meilleure opinion d'Avendez que du Viking, mais là n'était pas la question. Sa mission consistait à protéger Allie, et il l'accomplirait, qu'elle le veuille ou non.

— Il n'y aura que deux clés, dit-il. Je ne peux pas assurer votre sécurité si l'on entre chez vous comme dans un moulin.

— Vous ne comprenez pas... Dom et moi allons travailler tard presque tous les soirs, pour examiner les photos prises dans la journée et fixer le planning du lendemain.

— Je n'y vois pas d'objection, mais c'est l'un de nous deux qui lui ouvrira la porte. Vous avez accepté de suivre mes instructions, vous vous rappelez ?

L'espace d'un instant, Rafe pensa essuyer un refus net et définitif. La bouche d'Allie se plissa, et une expression de colère, ou de ressentiment, assombrit son regard. Avant qu'il n'ait eu le temps d'en définir la nature exacte, cependant, le masque impassible du top model s'était remis en place.

— Deux clés seulement, déclara-t-elle au directeur.

— Je loge dans le bungalow voisin du vôtre, le numéro huit, lui précisa Rafe. Je vais y poser mon sac, puis j'irai à la réception étudier le registre des clients, et j'inspecterai enfin la configuration des lieux. Je reviens ici dans une heure. Si vous avez besoin de moi avant, utilisez le bipeur.

Le directeur sur ses talons, il se dirigea ensuite

vers la porte. Pour arriver à faire tout cela — et apaiser sa faim — en aussi peu de temps, il avait intérêt à se dépêcher.

Quand les deux hommes eurent franchi le seuil, Allie faillit claquer la porte derrière eux.

Maudit soit cet homme ! pesta-t-elle intérieurement. Avec ses bipeurs, ses clés et sa méfiance à l'égard de tout et de tous, il lui donnait l'impression d'être une prisonnière, ou une marionnette !

La jeune femme jeta son sac à main sur le lit d'un geste rageur, ouvrit sa valise et entreprit d'en sortir ses vêtements.

Le temps de ranger ses affaires, et elle était suffisamment calmée pour comprendre qu'il ne lui servirait à rien de se mettre en colère, au contraire. Une tâche éprouvante l'attendait, et si ses nerfs lâchaient avant même qu'elle ait commencé, elle ne tiendrait pas plus de quelques jours. Il lui fallait donc s'accommoder de l'attitude tyrannique de Rafe, tout comme elle s'accommodait du mauvais caractère de Dom et des exigences de Xola.

Elle s'en sentait capable. Son travail venait en priorité, et l'honnêteté l'obligeait à reconnaître que Rafe faisait lui aussi le sien en lui imposant toutes ces contraintes. Loin de chercher à s'opposer à lui, elle n'aurait qu'à puiser dans les réserves de flegme dont elle disposait, après tant d'années passées à poser devant les objectifs. Après tout, Rafe ne devait pas être plus difficile à ignorer que les techniciens qui tournaient autour d'elle pendant les séances de photos.

Quatre heures plus tard, Allie avait radicalement changé d'avis : il lui était impossible de vivre sur la même planète que Rafe Stone — sans parler de l'avoir en permanence dans son entourage immédiat — et de garder en même temps la sérénité nécessaire à la bonne exécution de son travail.

Oui. Le sentir jour et nuit près d'elle était au-dessus de ses forces, même si elle ne comprenait pas comment un homme pouvait envahir aussi complètement son espace et ses pensées tout en se montrant d'une discrétion absolue.

Ainsi, après l'avoir escortée jusqu'au restaurant de l'hôtel, il s'était installé seul à une table isolée. Elle avait cependant remarqué qu'il attirait les regards des autres clients, dont le sien, comme un aimant, et que Xola lui avait adressé de fréquents sourires pendant le dîner... pour finalement aller le rejoindre au moment du café.

Et maintenant, alors que Dom lui expliquait quelque chose d'important, Allie avait une conscience si aiguë de la présence de Rafe dans la pièce qu'elle n'arrivait pas à se concentrer.

A demi allongé dans le canapé du séjour, un pied

sur le rebord de la table basse, il lisait un livre. La grâce nonchalante de son attitude n'avait rien d'étudié, constata Allie avec la perspicacité d'une femme habituée à distinguer entre la pose et le naturel. Il avait ôté son horrible cravate, déboutonné le col de sa chemise bleu foncé, et ses manches remontées révélaient des avant-bras musclés. La clarté de la lampe allumait des reflets dans ses cheveux noirs, et son visage bronzé...

— Cette nouvelle technique de planification du travail t'intéresse ou pas ? s'écria soudain Dom.

— Euh... oui, bien sûr qu'elle m'intéresse, répondit Allie en tournant les yeux vers l'homme installé dans le siège voisin du sien.

— Alors fais un peu attention ! ordonna le photographe en pointant l'index vers le graphique affiché sur l'écran de son ordinateur portable. On me paie très cher pour enseigner ça au Rochester Institute of Technology, figure-toi !

— Oui, je suis au courant.

La jeune femme n'en voulait pas à son ami de la traiter parfois avec une rudesse qui frisait la grossièreté. Elle savait qu'il lui était, en fait, très reconnaissant d'avoir contribué à la réussite spectaculaire de sa carrière. Dans ses bons jours, il admettait même que ses premiers clichés d'Allie étaient à l'origine de sa percée dans le monde très fermé de la mode. Leur collaboration ultérieure avait assis sa réputation internationale et amené sa nomination au poste d'assistant associé au Rochester Institute of Technology, la plus prestigieuse des écoles américaines d'art et de techniques photographiques.

Mais Dom n'était visiblement pas dans un bon jour, et la chute sur le ciment que Rafe lui avait fait faire ne devait pas y être étrangère. Il était grincheux depuis et, en dépit de ses efforts, Allie n'avait pas réussi à le mettre de meilleure humeur. Quand il était venu frapper à la porte de son bungalow, après le dîner, afin d'établir avec elle le programme du lendemain, elle avait espéré que sa passion pour son travail le dériderait, mais ce n'était pas le cas.

Refermant d'un coup sec le couvercle de l'ordinateur, Dom s'exclama :

— Inutile de continuer, tu n'écoutes pas ! Je vais aller effectuer quelques repérages en ville.

Il sauta sur ses pieds, coinça l'ordinateur sous son bras et se dirigea vers la porte. A mi-chemin, cependant, il se retourna et demanda à la jeune femme d'un ton rogue :

— Ça te dit de m'accompagner ? Si ton cerbère t'y autorise, naturellement...

— Non, je ne veux pas me coucher trop tard. Comme tu as prévu de commencer demain à 7 heures, il faut que je sois au maquillage à 6 heures, et donc que...

— Que tu te lèves à 5 heures pour faire ton jogging, oui, je connais tes habitudes ! Je te conseille même de te mettre au lit tout de suite, sinon tout mon talent ne suffira pas à cacher tes rides. Tu ne rajeunis pas, tu sais !

Une pointe de malice perçait dans la voix du photographe. Allie éclata de rire, se leva et alla planter un baiser sur le côté chauve du crâne de son ami.

— Qu'importe ! Tu peux changer la plus laide des femmes en vénus, observa-t-elle. Parce que tu n'as pas seulement du talent ; tu es un génie. Un génie insupportable, mais que j'aime quand même.

Dom lança un coup d'œil provocant à Rafe avant de prendre Allie par le cou et de l'embrasser sur la joue.

— Tu ne m'es pas totalement antipathique, toi non plus, déclara-t-il ensuite, du moins pas tout le temps.

Quand la jeune femme se retourna après avoir refermé la porte derrière lui, ce fut pour découvrir que Rafe avait les yeux rivés sur elle.

L'effet relaxant qu'avait eu la brève amélioration de l'humeur de Dom disparut instantanément, et elle se demanda une nouvelle fois pourquoi Rafe la troublait autant.

Elle avait passé les six années précédentes sous le regard impitoyable de professionnels qui scrutaient les moindres détails de son anatomie. Depuis son accession au sommet de sa profession, elle avait dû, en outre, se cuirasser contre la curiosité, parfois à la limite du sans-gêne, de ses admirateurs ; alors pourquoi éprouvait-elle un tel tumulte d'émotions quand c'était Rafe qui la dévisageait ?

Peut-être parce qu'il lui donnait l'impression de voir autre chose en elle que le top model...

Mais non, rectifia-t-elle aussitôt. Il voyait exactement la même chose que tout le monde : un visage, deux bras, un corps qui, cinquante ans plus tôt seulement, aurait été jugé trop maigre pour inspirer du désir, même si la plupart des hommes semblaient aujourd'hui le trouver sexy... y compris, malheureusement, celui qui la harcelait de coups de téléphone...

Un frisson incontrôlable secoua la jeune femme, et Rafe déclara immédiatement :

— Vous avez froid ?

— Euh... oui, un peu. Il va me falloir quelques jours pour m'habituer à la fraîcheur des nuits de Santa Fe.

— Et aussi à l'altitude. Vous devriez peut-être y réfléchir à deux fois avant d'aller courir, demain matin.

— J'y réfléchis toujours à deux fois, dit Allie d'un ton désabusé. La première, quand mon réveil sonne, la seconde, quand je quitte mon lit.

— Mais vous ne vous recouchez pas pour autant ?

Rafe s'était redressé en parlant, et il venait de joindre les mains derrière la nuque, ce qui avait pour effet de tendre le tissu léger de sa chemise sur sa large poitrine et son ventre plat. Allie se hâta de détourner les yeux. Ayant vu pendant sa carrière, et sans en ressentir le moindre émoi, plus d'hommes torse nu qu'elle ne pouvait en compter, elle ne voulait pas avoir à se demander pourquoi la puissante musculature de celui-ci, pourtant juste dessinée par la chemise, lui faisait battre le cœur aussi vite.

Lorsqu'un peu de sang-froid lui fut revenu, elle expliqua :

— Je préfère surveiller mon régime alimentaire et courir tous les matins pour garder la ligne plutôt que de prendre des coupe-faim. Vous le comprendriez, si vous aviez autant d'amis que moi qui ont ruiné leur carrière et leur santé en remplaçant la nourriture par des médicaments.

— Vous avez des amis intéressants, observa Rafe en jetant un coup d'œil vers la porte.

— Oui, et malgré ses sautes d'humeur, Dom est le meilleur d'entre eux.

Un silence suivit cette remarque. La jeune femme chercha quelque chose à dire, mais tout ce qui lui traversa l'esprit lui parut inepte, ou beaucoup trop personnel. Elle aurait souhaité interroger Rafe sur ses amis à lui, sur les raisons qui l'avaient poussé à devenir garde du corps, sur l'accident qui lui avait laissé ces cicatrices... Sa curiosité n'avait rien de malsain : comme ils allaient passer ensemble la majeure partie des deux semaines suivantes, elle aurait juste aimé mieux le connaître. La peur d'être indiscrète l'empêcha pourtant de le questionner. Elle tenait trop à sa vie privée pour ne pas respecter celle des autres.

— Je vais me coucher, finit-elle par déclarer faute de mieux.

Rafe se mit aussitôt debout, enfila le gilet doublé de peau de mouton qu'il avait posé sur une chaise en arrivant, fourra son livre dans l'une des poches, puis s'approcha d'Allie.

— Lever à 5 heures, alors ? dit-il.

— Oui. C'est la première journée de travail, et si nous prenons du retard dès le début, Dom va s'arracher ce qui lui reste de cheveux.

— Est-ce ainsi qu'il a perdu ceux qui lui manquent ? Il les a arrachés ?

Il fallait couper court à la conversation, songea la jeune femme, ou au moins s'éloigner un peu de Rafe, dont le corps était beaucoup trop près du sien et dont les yeux la fixaient trop intensément.

Pour des raisons qu'elle résolut d'analyser plus tard, quand elle serait seule, Allie se contenta cependant de s'adosser à la porte. Rafe lui apparaissait à contre-jour, et la pénombre noyait ses cicatrices, ne laissant de visible que les lignes anguleuses de ses traits, sa bouche généreuse et la flamme sombre de ses prunelles.

Le visage d'Allie, lui, était en pleine lumière, et elle eut de nouveau l'étrange impression que Rafe cherchait la réalité de la femme derrière l'apparence du top model.

Mais non, c'était ridicule ! Il était comme les autres : son regard s'arrêtait à la surface des choses et des gens.

Le silence qui se prolongeait commençant à la rendre nerveuse, Allie se décida finalement à répondre à la question de Rafe :

— En fait, c'est sur l'ordre de son médecin que Dom a dû se raser la moitié du crâne. Il s'est impatienté pendant une séance de photos et, au lieu d'attendre qu'on lui apporte une échelle, il a grimpé dans un arbre pour obtenir l'angle de vue qu'il voulait. Cet arbre était malheureusement parasité par une plante vénéneuse qui s'est prise dans ses cheveux. Le résultat n'a pas été beau à voir pendant un bon moment.

— Il ne l'est toujours pas.

— Vous seriez d'un autre avis si vous aviez connu Dom il y a six mois.

— Non, je ne pense pas, répliqua Rafe.

Puis il tendit le bras, plongea les doigts dans l'épaisse chevelure d'Allie et murmura :

— Ce que je touche là correspond beaucoup mieux à l'idée que je me fais de la beauté.

Son acte et ses paroles semblèrent le surprendre, comme s'ils n'avaient pas été volontaires, et il retira sa main avant même que la jeune femme n'ait eu le réflexe de s'écarter.

— Désolé, déclara-t-il. Je n'aurais pas dû.

Aussi étonnée par les excuses de Rafe que par son geste, Allie balbutia :

— Ce... ce n'est pas grave.

— Je vous laisse, maintenant. N'oubliez pas de refermer la porte à clé derrière moi.

— D'accord.
— Et ne vous séparez pas de votre bipeur.
— D'accord.
— Bonne nuit !
— Bonne nuit.

Furieux contre lui-même, Rafe avait envie de s'enfuir le plus vite possible, mais il attendit malgré tout pour s'éloigner d'avoir entendu la clé tourner dans la serrure.

Pourquoi avait-il eu cette envie subite de toucher Allie, et surtout, pourquoi y avait-il cédé ? se demanda-t-il ensuite en se dirigeant vers son bungalow. C'était non seulement une cliente, mais aussi le genre de femme dont il se méfiait le plus.

Sauf que... En fait, Rafe n'était plus vraiment sûr de savoir quel genre de femme était Allison Fortune. Chaque fois qu'il pensait pouvoir la cataloguer, elle lui causait une nouvelle surprise.

Son petit couplet à propos d'Avendez, par exemple, le plongeait dans la perplexité. Elle le présentait comme son meilleur ami, et, même après l'histoire des clés, Rafe l'aurait peut-être crue si le photographe ne lui avait jeté ce regard de défi, un instant plus tôt, avant de prendre Allie par le cou et de l'embrasser. C'était exactement le type de regard qu'un homme jaloux lance à un rival potentiel et, quoi qu'en dise la jeune femme, Avendez espérait donc bien plus d'elle que de l'amitié.

Mentait-elle, ou était-elle naïve au point de ne pas s'en être encore aperçue ? A en juger par les propos qu'elle avait tenus à Dean Hansen, Rafe était tenté d'opter pour la seconde hypothèse, mais cela lui rendait Allie encore plus mystérieuse : comment une femme aussi belle pouvait-elle ignorer qu'il suffisait à un homme de la voir pour la désirer ? Et si elle le savait, pourquoi les tenait-elle tous à distance ? N'était-il pas étrange que, parmi ses innombrables admirateurs, il n'y en ait aucun qui trouve grâce à ses yeux ?

Le dossier constitué sur elle avait en effet appris à Rafe que, depuis une rupture de fiançailles largement commentée par les médias, Allie avait banni les relations amoureuses de sa vie. Elle devait donc être sincère, la veille, quand elle avait déclaré à son encombrant soupirant ne vouloir jouer ni avec lui ni avec personne. Sa beauté lui valait d'avoir tous les hommes à ses pieds, mais elle ne les aguichait pas : ils étaient victimes de leur propre libido.

Et lui-même allait devoir veiller à ne pas tomber dans le même piège, songea-t-il avec un soupir. Ce qui ne serait pas si facile, à en juger par la violence de l'émotion qu'avait soulevée en lui le simple contact des cheveux d'Allie.

Le seul souvenir de cet instant ralluma son désir, et il décida, pour se calmer, d'aller se promener avant de regagner son bungalow.

Il lui fallait, de toute façon, apprendre à se repérer

dans l'hacienda la nuit. Il ne pensait pas avoir à s'enfuir avec sa cliente en pleine nuit, mais mieux valait reconnaître le terrain à l'avance, au cas où. L'erreur commise lors d'une précédente mission où il avait négligé de chercher d'autres issues possibles, dans un endroit potentiellement dangereux, avait failli lui coûter très cher.

Sans compter qu'après l'incident du hangar, il commençait à comprendre qu'avec Allison Fortune, il fallait s'attendre à tout.

# 4.

Rafe aurait été le premier à admettre que ses connaissances en matière de photographie publicitaire se résumaient aux jolies images, apparemment obtenues sans effort, que lui en montraient les magazines.

Or c'était beaucoup de travail, il n'allait pas tarder à s'en rendre compte. Un travail qui demandait une dose considérable de discipline et d'endurance.

La première journée commença comme prévu à 5 heures. A peine le réveil avait-il sonné que Rafe sortit de son lit, mais plus poussé par le sens du devoir que par l'impatience de sortir jogger dans la fraîcheur de l'aube. Ce n'était pas un problème de forme physique : il pouvait courir très vite si les circonstances l'exigeaient — ce qui avait été le cas à maintes reprises par le passé. Il était juste réfractaire aux sports où n'entrait pas au moins un certain élément de jeu.

Après un rapide passage dans la salle de bains, Rafe enfila le survêtement gris acquis la veille à la boutique de cadeaux de l'hôtel. Il y avait aussi acheté une paire de tennis, la seule qu'il avait trouvée dans sa pointure étant malheureusement un modèle fantaisie — quoique très coûteux —, avec des rayures jaunes et rouges sur le dessus.

Une fois les chaussures lacées, Rafe se redressa et regarda ses pieds. Dieu merci, le bas du pantalon en cachait la plus grande partie. Il effectua ensuite sans conviction quelques mouvements d'assouplissement, puis mit son revolver Smith & Wesson dans l'étui niché au creux de son dos. Un instant plus tard, il quittait son bungalow et allait frapper à la porte d'Allie.

Le faible espoir qu'il nourrissait de découvrir qu'elle avait finalement renoncé à son jogging matinal s'évanouit dès l'apparition de la jeune femme sur le seuil : les cheveux relevés en queue-de-cheval, elle portait des baskets qui avaient connu des jours meilleurs et une combinaison en Lycra vert pâle qui épousait ses formes comme une seconde peau.

Rafe s'obligea à fixer un point situé au-dessus de l'épaule gauche d'Allie et marmonna :

— Bonjour.

— Bonjour ! répondit-elle en sortant de la maison.

Après avoir verrouillé la porte, elle glissa la clé dans un petit sac fixé à sa hanche par un Velcro, dont Rafe se dit qu'il devait contenir le bipeur, car l'appareil n'aurait certainement pu être caché à aucun autre endroit de sa personne.

La jeune femme entreprit ensuite de s'étirer. Appuyant son pied contre le mur, elle se pencha jusqu'à poser la joue sur son mollet, et la façon dont le Lycra se tendit alors sur son corps fut plus que Rafe ne put en supporter : il émit un son inarticulé, presque animal.

— Vous n'êtes pas du matin ? lui demanda Allie sans lever la tête.

— Je ne suis de rien du tout tant que je n'ai pas bu une grande tasse de café, admit-il.

— Il y a une cafetière dans ma cuisine, déclara-t-elle en changeant de jambe, mais ce n'est pas le moment de traîner. Une longue journée de travail m'attend, et il faut...

— ... respecter le planning, oui, je sais !

Allie changea une nouvelle fois de jambe, et Rafe serra les dents.

— Vous n'avez pas besoin de vous échauffer, vous ? s'enquit-elle soudain.

Ce n'aurait sûrement pas été inutile, songea Rafe, mais pas suffisant non plus pour lui éviter d'avoir des courbatures le lendemain, aussi répondit-il :

— J'ai déjà effectué une séance d'assouplissements dans ma chambre.

— Dans ce cas, allons-y... Vous voulez donner l'allure ?

— Non, je me réglerai sur vous, et si je n'arrive pas à suivre, je vous le dirai.

Rafe s'était à peine remis du choc que lui avait

fait la combinaison en Lycra que Allie lui en causa un second : il comprit en effet très vite que, pour elle, « courir le matin » signifiait vraiment « courir ». Elle commença, en effet, par traverser la cour de l'hacienda à petites foulées, accéléra une première fois après avoir franchi le portail, une deuxième fois quelques instants plus tard, et une troisième en s'engageant dans le chemin de terre qui menait à la nationale.

A ce moment-là, Rafe était déjà en sueur et hors d'haleine. Il continua néanmoins, en essayant de ne penser qu'à mettre un pied devant l'autre — et à scruter aussi de temps en temps les alentours.

Le ciel, au-dessus d'eux, changeait peu à peu de couleur : les pourpres et les violets de l'aube cédaient insensiblement la place à des teintes plus douces, et un rai de soleil perça brusquement comme la lame d'une épée entre les pics des monts Sangre de Cristo. Le désert, en contrebas, se transforma aussitôt en une mosaïque de bruns et de verts, au milieu de laquelle des yuccas dressaient leurs hautes tiges hérissées de feuilles pointues.

La brise matinale apportait des montagnes l'odeur résineuse des pins qui les recouvraient, et ce qu'il voyait et sentait aurait sûrement émerveillé Rafe s'il n'avait été au bord de l'asphyxie. Toutes les deux ou trois minutes, Allie tournait la tête vers lui pour s'assurer qu'il suivait, et il s'était juste décidé à lui dire de ralentir lorsqu'elle le fit spontanément.

— Ça va ? demanda-t-elle quand, l'ayant rejointe, il put enfin souffler un peu.

Rafe ravala son amour-propre : de quelle utilité serait-il à sa cliente si ses jambes se dérobaient sous lui — ce qui ne manquerait pas de se produire s'ils ne rebroussaient pas rapidement chemin ?

— Ça pourrait aller mieux, avoua-t-il donc.

Il s'attendait à une remarque ironique, ou au moins à un haussement de sourcils dédaigneux, mais la jeune femme se contenta de sourire, de cet air énigmatique qui le fascinait et l'irritait à la fois.

— Avec l'altitude, je me fatigue, moi aussi, plus vite que d'habitude, observa-t-elle. Vous voulez qu'on rentre ?

— Oui.

Pivotant sur ses talons, Allie repartit dans l'autre sens, et Rafe lui emboîta le pas. Comme elle avait réduit l'allure, maintenant, il réussit à la suivre de plus près et nota qu'aucune trace de sueur n'assombrissait le vert clair de la combinaison en Lycra. Il n'entendait en outre d'autre halètement que le sien. Altitude ou pas, la jeune femme était, par conséquent, en bien meilleure forme physique que lui. Mortifié, il serra les dents et entreprit, tout en courant, de calculer la distance qu'il leur restait à parcourir jusqu'à l'hacienda.

Il pouvait y arriver.

Et peut-être y serait-il parvenu sans trop de peine si sa jambe gauche ne s'était soudain transformée en un bloc de pierre. Une douleur atroce lui enserra la cuisse, le faisant d'abord trébucher, puis claudiquer. Il s'immobilisa un instant, puis s'obligea à se remettre en route, mais la douleur s'intensifia, lui arrachant un gémissement.

En entendant une plainte étouffée, derrière elle, Allie se retourna vivement. Elle était restée figée dans des poses artificielles pendant de trop longues heures pour ne pas identifier sur-le-champ les symptômes d'une contracture.

— Arrêtez-vous une minute, s'écria-t-elle en se précipitant vers Rafe. Je vais vous masser.

— Inutile ! C'est juste une crampe.

— Elle ne partira pas si vous continuez de courir, alors arrêtez-vous !

— Non ! J'ai moins mal quand je bouge.

C'était certainement vrai, mais Allie savait d'expérience que la sollicitation prolongée d'un muscle douloureux pouvait mener à une grave lésion. Elle fronça les sourcils, et une lueur que sa jumelle aurait immédiatement reconnue s'alluma dans ses yeux.

Rocky prétendait être capable de dire à la seconde près quand Allie avait pris une décision qui allait leur attirer des ennuis à toutes les deux. Dans un premier temps, elle lui exposait alors les conséquences fâcheuses qui risquaient d'en résulter, puis elle souriait d'un air complice et apportait son entière collaboration au projet de sa sœur.

Mais Rocky n'était pas là aujoud'hui pour tenter au moins de raisonner Allie, qui se planta donc sans hésiter devant son garde du corps pour lui barrer le chemin.

La vitesse acquise empêcha cependant Rafe de s'immobiliser à temps : emporté par son élan, il ne put éviter la jeune femme qu'il heurta de plein fouet, la faisant tomber à la renverse. Il perdit lui aussi l'équilibre mais, faisant jouer ses réflexes, il réussit à toucher le sol le premier, et à saisir Allie au vol pour lui faire effectuer un demi-tour. Au lieu d'atterrir par terre et sur le dos, elle se retrouva donc emprisonnée dans les bras de Rafe, le souffle coupé par la surprise et la force de l'impact, mais totalement indemne.

— Ne me rejouez jamais un tour pareil ! s'écria Rafe. Vous auriez pu vous fracasser la tête !

— Je... Vous..., bredouilla la jeune femme en tentant désespérément de se libérer de l'étau qui l'empêchait de respirer.

— Arrêtez de gigoter ! Qu'y a-t-il ?

— Je... j'étouffe !

Rafe desserra son étreinte, et elle aspira plusieurs longues goulées d'air avant de s'affaisser sur Rafe, soulagée d'avoir enfin de l'oxygène dans les poumons.

Les battements de son cœur ralentirent peu à peu, tandis que sa poitrine cessait de se soulever et de s'abaisser comme un soufflet de forge. Quand elle fut certaine d'arriver à prononcer une phrase entière d'une seule traite, elle leva la tête et déclara :

— Je suis désolée de vous avoir fait tomber. Ce n'était pas intentionnel.

Puis, comme sa remarque était accueillie par une moue sceptique, elle insista :

— Je vous jure qu'il n'y avait aucune malice dans mon geste !

Elle réessaya ensuite de se dégager, mais sans y parvenir : Rafe ne semblait nullement décidé à la lâcher, et il était beaucoup plus fort qu'elle. Sans doute trouvait-il ses excuses insuffisantes et en attendait-il d'autres.

— D'accord, reprit-elle donc, j'admets que ce n'était pas très malin de me mettre ainsi en travers de votre chemin. Je voulais vous obliger à vous arrêter, mais j'aurais dû me rendre compte que la collision était inévitable. Maintenant, laissez-moi me relever !

Cet ordre demeura sans effet : Rafe se contenta de fixer Allie, dont le pouls s'accéléra de nouveau.

— Combien de temps comptez-vous rester comme ça vautré dans la poussière ? demanda-t-elle d'une voix mal assurée.

— Moi, je suis bien, susurra Rafe. Pas vous ?

— Je ne sais vraiment pas pourquoi je tente d'avoir une discussion sensée avec un homme affublé de tennis rouges et jaunes !

— J'espérais que vous ne les remarqueriez pas ! dit Rafe, un sourire malicieux sur les lèvres.

— Il est difficile de ne pas les voir, observa la jeune femme en s'efforçant de garder son sérieux. Leurs couleurs sont un peu agressives, mais elles iront parfaitement avec votre cravate.

Le sourire de son interlocuteur s'élargit et, cette fois, Allie ne put s'empêcher d'y répondre. Le fait que Rafe eût le sens de l'humour l'étonnait agréablement. Elle se détendit et se surprit même à être de son avis : elle se sentait, en effet, très bien dans ses bras.

— Je crois que c'est la chose la plus bête que j'aie jamais faite, murmura-t-il sans la quitter des yeux.

La jeune femme se demanda s'il parlait de l'achat de ses chaussures, de leur jogging écourté ou de la façon dont il la serrait contre lui. Rafe ne lui laissa cependant pas le temps de réfléchir longtemps à la question : avant qu'elle n'eût compris ce qui se passait, il avait mis une main sur sa nuque, attiré sa tête vers lui et posé les lèvres sur les siennes.

Allie avait déjà été embrassée de nombreuses fois, mais jamais dans pareil contexte — alors qu'elle était allongée sur un homme trempé de sueur, au milieu d'un chemin poussiéreux.

Là, aucun romantisme ne venait adoucir la crudité de la situation : il n'y avait ni violons, ni parfum de roses, ni lumières tamisées, ni pétillement de champagne dans des coupes en cristal — juste le désir à l'état brut d'un homme dont le baiser, d'abord léger, ne tarda pas à devenir passionné. Les sens d'Allie s'enflammèrent, et, fermant les yeux, elle s'offrit sans réserve à la caresse des lèvres de Rafe.

Le temps parut s'arrêter, et il reprit son cours — bien trop tôt et bien trop brusquement au goût de la jeune femme — quand la bouche de Rafe s'écarta de la sienne. Un peu tremblante, Allie poussa un soupir et rouvrit les paupières.

— J'avais raison, lui chuchota Rafe à l'oreille.

Cette fois, elle comprit tout de suite de quoi il parlait, et, jugeant inutile de jouer l'innocente, elle déclara :

— Oui, c'était bête.

— Très bête.

— Mais agréable.

— Très agréable.

La jeune femme acquiesça de la tête, puis posa un genou sur le sol et se redressa. Lorsqu'ils furent tous les deux debout, elle observa en s'obligeant à regarder Rafe bien en face :

— Il ne faut pas accorder trop d'importance à... à ce qui vient de se produire. Nous avons juste été victimes d'un concours de circonstances.

— Non. Moi, en tout cas, j'ai été victime de tout autre chose. Vous êtes très belle, Allison.

Rafe pensait lui faire un compliment, songea Allie. Elle savait que les hommes attachaient plus de valeur que les femmes au physique des membres du sexe opposé. Elle savait aussi que, parmi ses congénères, très peu comprendraient son besoin irrationnel de voir Rafe ignorer une apparence qu'elle avait passé le quart de sa vie à rendre parfaite, et chercher uniquement à connaître l'être humain qui se cachait derrière.

Elle savait tout cela et en admettait la logique sur le plan intellectuel, mais toujours pas sur le plan affectif, car les paroles de Rafe lui causèrent une profonde déception.

— Merci, dit-elle néanmoins. Je dois malheureusement m'arranger pour être encore beaucoup plus belle d'ici une heure... Comment va votre jambe ?

Bien qu'Allie eût souri en prononçant ces mots, Rafe sentit qu'elle avait changé d'humeur : elle s'était refermée comme le font les fleurs pour se protéger du froid de la nuit. Il avait envie de l'empêcher de se replier ainsi sur elle-même, de l'attirer contre lui et de l'embrasser jusqu'à ce que son corps palpite de nouveau de désir et que cette expression distante quitte son visage.

Le professionnel en lui avait cependant conscience d'avoir commis une grave imprudence en cédant à ses pulsions : il avait ainsi mis en danger la sécurité d'une cliente — sans parler de la sienne, car pendant les longues minutes où il avait tenu la jeune femme dans ses bras, un camion aurait pu leur rouler dessus sans même qu'il s'en aperçoive...

Tout en époussetant son survêtement, Rafe se jura

de ne plus jamais laisser son attirance grandissante pour Allie le distraire de sa tâche. Son comportement était d'autant plus choquant que Jake Fortune payait très cher pour protéger sa fille d'un maniaque qui rêvait sans doute de lui faire subir la même chose que Rafe à l'instant... et bien pire encore.

— Je n'ai plus mal à la jambe, répondit-il au terme de son introspection. On y va ?

— D'accord, mais sans forcer, sinon votre crampe reviendra.

Allie repartit en petites foulées et, au bout de quelques mètres à peine, Rafe regretta le rythme exténuant qu'elle lui avait imposé un peu plus tôt : il avait alors cru mourir d'épuisement, mais ses poumons et sa gorge en feu l'avaient au moins empêché de prêter trop d'attention à la gracieuse silhouette en combinaison moulante qui le précédait... Tandis que là, reposé par leur halte et courant à une allure plus lente, il n'arrivait pas à en détacher ses yeux et sentait monter de nouveau en lui une onde de désir.

Il ne leur restait heureusement pas beaucoup de chemin à parcourir : quelques minutes plus tard, ils passaient sous l'arche de bois qui surmontait le portail de l'hacienda, et, une fois à l'intérieur de l'enceinte de murs de pisé, Allie se mit au pas.

Tandis que Rafe obligeait ses jambes douloureuses à le porter à travers le patio, le silence de l'aube fut rompu par les premiers bruits de la journée qui débutait : l'hôtel commençait de s'animer.

Un serveur sortit d'abord du bâtiment principal et souhaita le bonjour aux joggeurs tout en poussant un chariot destiné au petit déjeuner. Le jet d'eau de la fontaine située au milieu de la cour s'enclencha au même moment, avec force gargouillis et clapotements. La porte d'un bungalow s'ouvrit peu après, et Xola apparut sur le seuil, des vêtements suspendus à des cintres dans une main et un sac de plastique dans l'autre.

— Déjà revenue ? lança-t-elle à Allie d'un ton joyeux. Tu n'as pas couru aussi longtemps que d'habitude !

— On s'essouffle vite, à cette altitude, expliqua la jeune femme.

Xola se tourna ensuite vers Rafe et lui dit avec un sourire espiègle :

— Vous êtes en nage ! Allie vous a épuisé, hein ?

Comme tout homme répondant à une question qu'il n'avait pas écoutée ou préférait éluder, Rafe émit un grognement indistinct, mais Xola ne se laissa pas abuser.

— J'en étais sûre ! s'écria-t-elle en éclatant de rire. Elle vous a parlé des derniers jeux Olympiques ?

— Non.

— Nous avons réalisé des photos publicitaires sur le site pour l'un des partenaires officiels, et Allie a couru tous les jours avec le meilleur spécialiste américain du demi-fond... Eh bien, il nous a assuré qu'elle aurait eu sa place dans l'équipe nationale !

— J'étais plus en forme que maintenant, à cette époque, observa l'intéressée.

— C'est vrai, souligna Xola. Tu as pris quelques kilos depuis. Il faut que tu surveilles ton régime.

Si Allie avait réellement pris quelques kilos, Rafe ne voyait pas où ils étaient, et la façon dont ses amis et ses collègues de travail se permettaient de la critiquer le révolta. Elle avait déjà dû supporter les sarcasmes d'Avendez, la veille au soir, à propos de rides imaginaires, et voilà maintenant que Xola lui reprochait d'avoir grossi !

Contrairement à Rafe, Allie ne parut cependant pas affectée par cette remarque.

— Je me suis en effet un peu relâchée ces derniers temps, déclara-t-elle, parce que je pensais en avoir définitivement terminé avec le métier de mannequin.

— Ne t'inquiète pas, le rythme que Dom va t'imposer te fera retrouver ta ligne en deux jours ! s'exclama Xola. Tu es prête à te mettre au travail ?

— Dès que je me serai douchée, indiqua Allie. Les autres sont levés ?

Comme pour répondre à sa question, une femme d'un certain âge, vêtue d'une blouse bleue portant le logo des laboratoires Fortune Cosmetics, sortit alors de l'un des bungalows. Elle avait été rapidement présentée à Rafe la veille, et il n'avait retenu que son prénom — Stéphanie — et sa fonction — maquilleuse en chef. Une assistante chargée d'une grosse mallette grise ornée du même logo la suivait.

— 'jour, Allie ! 'jour, Xola ! marmonna celle-ci, manifestement pas encore tout à fait réveillée.

Elle s'apprêtait ensuite à saluer Rafe, mais les mots moururent sur ses lèvres lorsque ses yeux se posèrent sur les cicatrices. Elle baissa la tête, et un silence pesant s'installa.

Habitué à ce genre de réaction, Rafe n'y aurait pas prêté attention s'il n'avait surpris le regard sévère qu'Allie lançait à la jeune femme.

Quand les gens le rencontraient pour la première fois, ils avaient généralement le plus grand mal à cacher leur gêne ou leur étonnement. Il en résultait des silences ou des regards appuyés, auxquels Rafe avait appris à demeurer indifférent, mais que Phyllis, elle, n'avait pu longtemps supporter : elle ressentait comme une humiliation personnelle le fait d'avoir un époux privé partiellement de sa beauté. Sa honte s'était vite transformée en amertume, et l'édifice déjà chancelant de leur mariage n'y avait pas résisté.

Désamorçant la situation avec une aisance née de trois années d'expérience, Rafe déclara à Allie :

— Allez vous doucher. Je vais voir si de nouveaux clients sont arrivés cette nuit, pendant ce temps, puis j'irai prendre mon petit déjeuner.

La jeune femme parut sur le point de dire quelque chose, mais elle se tut finalement et se dirigea vers son bungalow.

⁂

Un quart d'heure plus tard, Rafe était assis dans le restaurant de l'hôtel, une tortilla à la main et une énorme assiette d'œufs brouillés aux poivrons devant lui. Il en coupa une grosse bouchée : sa promenade matinale lui avait ouvert l'appétit.

Elle lui avait aussi donné faim d'autre chose, malheureusement. A cette pensée, Rafe reposa sa fourchette. Il n'aurait pas dû embrasser Allie : c'était une grave erreur, il en avait eu conscience avant même de poser ses lèvres sur les siennes. En se laissant ainsi aller, il avait goûté à quelque chose de bien plus doux que le miel étalé sur sa tortilla, et de bien plus fort que la sauce au piment nappant ses œufs. A quelque chose qu'il s'interdisait désormais de savourer.

Car outre le fait qu'il devait à sa cliente de garder une attitude professionnelle, le petit épisode dans la cour l'avait conforté dans sa résolution de ne plus se lier à aucune femme. Il était sûr, en effet, qu'Allie avait éprouvé pour lui de la pitié, en notant la réaction que suscitaient ses cicatrices, et de tous les sentiments, c'était celui qu'il avait le moins envie d'inspirer.

# 5.

Tandis qu'Allie se lavait les cheveux sous la douche, elle passait et repassait dans son esprit l'incident qui s'était produit quelques minutes plus tôt dans le patio.

Pour une femme dont les médias ne cessaient de vanter l'intelligence et le sang-froid, elle s'était vraiment montrée en dessous de tout ! Pourquoi n'avait-elle rien trouvé à dire pour meubler l'affreux silence provoqué par la grossièreté involontaire de la jeune stagiaire.

Sans doute parce qu'elle était encore en pensée sur un chemin de terre, dans les bras de Rafe...

Car, malgré tous ses efforts pour chasser ce souvenir, elle n'y était toujours pas parvenue. Rafe avait pourtant raison : ils avaient été très bêtes de s'embrasser. Elle en avait eu conscience avant même de lui offrir ses lèvres. Rocky avait beau la presser de s'engager dans une liaison brève et torride, Allie savait, elle, qu'un homme était la dernière chose dont elle avait besoin en ce moment dans sa vie : il lui fallait consacrer toute son énergie à la réalisation de cette campagne publicitaire.

Regrettant de ne pouvoir faire disparaître l'image de Rafe de son esprit aussi facilement que le shampooing de ses cheveux, Allie se mit la tête sous le jet d'eau chaude. Quelques instants plus tard, habillée de ses seuls sous-vêtements, elle s'enveloppa dans l'une des immenses serviettes de bain fournies par l'hôtel et regagna sa chambre. Le petit groupe de personnes qui l'y attendaient entra alors immédiatement en action.

Pendant que Xola décrochait les vêtements de leurs cintres, les maquilleuses disposèrent leur matériel sur la table la plus proche de la fenêtre. Allie s'assit face à la lumière du jour et resta sans bouger tout le temps qu'il fallut au coiffeur pour lui sécher et lui arranger les cheveux.

D'un perfectionnisme frôlant la maniaquerie, il ne se déclara satisfait qu'au bout de plusieurs essais : après avoir passé chaque mèche au fer à friser, il secoua la tête d'un air mécontent et les lissa de nouveau une à une. Une tresse remplaça ensuite le chignon compliqué qu'il avait commencé par faire, et cette tresse fut finalement supprimée au profit d'une coiffure qui dégageait le visage d'Allie, mais laissait ses cheveux retomber librement sur ses épaules.

Quand il eut enfin terminé, Stéphanie et son assistante prirent le relais. Allie se maquillait d'habitude elle-même, mais les enjeux de cette campagne publicitaire étaient si considérables qu'elle préférait pour une fois confier ce soin à une professionnelle.

Stéphanie appliqua d'abord une base hydratante, puis une légère couche de fond de teint très fluide. Elle savait, comme Allie, qu'un fond de teint épais, ou mis en trop grande quantité, durcissait les traits sur les photos. Le véritable secret de la beauté résidait dans la nuance, le dégradé, l'art de créer de subtils jeux d'ombre et de lumière.

Cet art, Stéphanie le possédait parfaitement et, lorsqu'elle eut fini, Allie put le vérifier dans la glace.

— C'est très bien, Steph ! dit-elle. Vraiment très bien.

— Il y a intérêt ! s'écria la maquilleuse qui, comme tous les employés de la société, connaissait l'importance de la nouvelle ligne de Fortune Cosmetics.

Pendant que Stéphanie rangeait ses brosses et ses produits, Allie tourna la tête pour s'examiner de profil. Le contour de sa mâchoire, d'une pureté irréprochable, accrocha son regard. Inconsciemment, elle porta la main à son cou.

Ses traits se brouillèrent alors dans le miroir et, l'espace d'un instant, ce fut la figure de Rafe qu'elle y vit, avec ses yeux gris-bleu, ses joues tannées, sa bouche généreuse — et la peau meurtrie de son menton et de son cou.

Songeuse, la jeune femme considéra l'ovale parfait de son visage. Beaucoup de gens la jugeaient d'une beauté sans défaut, ne se préoccupant que de son apparence. Ces mêmes personnes auraient sans doute trouvé Rafe disgracié par ses cicatrices. Elle, au contraire, ne s'en préoccupait guère. Elle ne voyait sur ses traits que l'énergie, la volonté, le caractère. C'était assurément un être entier, indépendant, et seul. En fait, elle commençait à se demander s'ils n'étaient pas plus proches psychologiquement qu'ils ne l'avaient d'abord pensé tous les deux. Il lui semblait en particulier que, comme elle, Rafe attachait plus de valeur à l'être qu'au paraître.

La voix de Xola tira Allie de ses réflexions :

— Ce n'est pas le moment de rêver ! Si tu ne veux pas entendre Dom hurler toute la journée, je te conseille de t'habiller rapidement !

— Eh bien, allons-y, déclara la jeune femme.

Elle se leva, ôta sa serviette, et prit la jupe mi-longue en daim taupe que lui tendait Xola. Un chemisier blanc à grand col de dentelle complétait sa tenue, et elle le boutonna pendant que Xola sortait de son sac de plastique une ceinture constituée de gros maillons en argent ciselé.

— Elle est magnifique ! s'exclama Allie. Tu l'as volée, ou bien tu t'es résolue, pour une fois, à acheter l'un de tes accessoires ?

— Ni l'un ni l'autre. Je l'ai vue hier dans la boutique de cadeaux, et je l'ai... empruntée. Mais ne t'inquiète pas : le portier m'en a donné l'autorisation.

— Espérons qu'il n'oubliera pas d'avertir le gérant de la boutique ! observa Allie d'un ton désabusé.

Xola avait à New York la réputation — méritée — de pouvoir se procurer n'importe quel accessoire, depuis un renard empaillé jusqu'à la copie d'un tableau de grand maître. Dom ne lui demandait jamais comment elle s'était débrouillée pour parvenir à ses fins. Du moment que leur légitime propriétaire ne faisait pas irruption dans le studio au milieu d'une séance de photos pour protester, disait-il, peu lui importait l'origine des objets dont il avait besoin.

Cela n'empêchait pas le photographe et son assistante de se disputer fréquemment et violemment. Allie soupçonnait cependant ces prises de bec de cacher des sentiments d'une autre nature — du moins en ce qui concernait Xola.

Celle-ci lui passa la ceinture autour de la taille, attacha la boucle, puis recula d'un pas afin de contempler le résultat.

— Parfait ! déclara-t-elle. J'ai dû enlever plusieurs maillons pour qu'elle t'aille, mais ils seront faciles à replacer. Mets les bottes, à présent ! Si nous ne nous dépêchons pas, Dom va avoir une attaque.

⁂

Après le petit déjeuner, Rafe se doucha rapidement, fixa au-dessus de sa cheville droite l'étui de son Smith & Wesson, puis enfila un jean, une chemisette blanche, son gilet et des boots. Il sortit ensuite de son bungalow et, en attendant Allie, observa le remue-ménage que faisait l'équipe technique rassemblée au fond de la cour.

De là où il se trouvait, il ne pouvait en identifier tous les membres, mais le petit homme au visage inquiet qui s'agitait comme une mouche dans un bocal était, selon toute vraisemblance, le directeur artistique de l'agence publicitaire.

Le nombre de gens qu'il allait devoir surveiller effrayait un peu Rafe : l'entourage immédiat d'Allie comptait à lui seul une trentaine d'hommes, car à l'armée de techniciens et autres collaborateurs directs d'Avendez s'ajoutaient plusieurs figurants et deux spécialistes d'infographie engagés comme consultants.

Avant de quitter Minneapolis, Rafe avait obtenu la liste complète des participants au projet et chargé des personnes de confiance d'enquêter sur eux, mais aucun rapport ne lui était encore parvenu. Jusqu'à plus ample informé, n'importe lequel de ces hommes pouvait donc être le persécuteur d'Allie, soit qu'il se fût débrouillé pour se joindre temporairement à l'équipe, soit qu'il en fît déjà partie depuis longtemps. Aux yeux de Rafe, tout le monde était suspect, y compris Avendez.

Y compris et surtout Avendez.

La porte du bungalow d'Allie s'ouvrit soudain. Rafe se retourna et vit sortir toute une petite troupe de gens chargés de sacs et de mallettes. Xola lui lança un sourire éclatant en le dépassant, puis Allie franchit le seuil à son tour. Le soleil l'éclairait à plein, et Rafe fut littéralement ébloui par le spectacle qu'elle offrait.

C'était la créature de rêve que les photographes et les couturiers s'arrachaient, dotée de ce subtil mélange de beauté naturelle et d'extrême sophistication qui faisait fantasmer tous les hommes.

La transe de Rafe ne dura cependant pas longtemps, car l'image d'Allie dans sa robe jaune trempée par l'eau du lac se superposa brusquement à la gravure de mode qu'il avait devant les yeux. Il les compara et mit moins d'une seconde à déterminer laquelle de ces deux femmes il préférait : c'était la femme du lac, sans aucun doute. Pour dire la vérité, celle qui avait roulé avec lui dans la poussière et répondu avec fougue à son baiser lui plaisait bien plus encore mais, dans la mesure où il avait décidé de la chasser de son esprit, mieux valait faire comme si elle n'existait pas.

— On est dans les temps ? demanda-t-il en emboîtant le pas à Allie, qui se dirigeait à présent vers le fond du patio.

— Non, il est déjà 7 h 15, mais ce n'est pas trop grave : Dom ne me semble pas tout à fait prêt à démarrer.

Rafe, pour sa part, avait même l'impression qu'Avendez en était très loin : entouré d'une légion de techniciens, il agitait les bras et hurlait des ordres. Avec son pantalon noir, sa chemise blanche et son crâne mi-chauve, mi-chevelu, il ressemblait à un zèbre énervé.

Zigzaguant entre les câbles électriques, Allie rejoignit le groupe rassemblé près du mur. Rafe alla se poster à quelques mètres et regarda Avendez organiser peu à peu le chaos ambiant.

— Bon, écoutez-moi tous ! cria-t-il à la cantonade. Il faut que la première série de photos soit terminée le plus vite possible. Je veux obtenir un effet naturel, avec le ciel en arrière-plan, pendant que la lumière du soleil n'est pas encore trop violente.

Ces indications surprirent Rafe : pour quelqu'un qui recherchait un effet « naturel », le photographe utilisait une quantité de matériel impressionnante — groupe électrogène, projecteurs perchés sur des échafaudages mobiles, réflecteurs posés sur leurs socles comme d'énormes moustiques aux ailes repliées... L'un des assistants d'Avendez venait d'ouvrir une grosse valise, dont l'intérieur compartimenté contenait tout un assortiment d'objectifs et de filtres... L'équipe disposait même d'un laboratoire photo, nota Rafe qui ne voyait pas à quoi d'autre pouvait servir la caravane rangée le long du bungalow d'Avendez. Il ne devait plus rester que les toilettes dans le studio new-yorkais du photographe !

Après s'être attaché les cheveux avec un élastique — sans doute pour les empêcher de se mettre dans son champ de vision —, ce dernier dit à Allie :

— On commence par les essais habituels. Va t'appuyer contre le mur, la tête légèrement tournée vers les montagnes !

La jeune femme obéit, suivie de Xola qui arrangea les plis de sa jupe avant de planter des épingles dans le dos de son chemisier pour en remonter le décolleté. Le coiffeur marmonna quelque chose, puis se rua sur Allie, un peigne à la main, et entreprit de donner à la masse lisse de ses cheveux ce qu'il appela « un aspect plus libre ». Ce fut ensuite au tour de la maquilleuse en chef d'intervenir : armée de brosses et de pinceaux, elle s'approcha d'Allie pour les lui passer sur le front et le menton.

Pendant tout ce temps, Avendez avait gardé l'œil collé au viseur de son appareil photo, et il lançait des instructions : « Plus bas, le projo gauche ! », « Plus haut, le réflecteur droit ! », « Il me faut l'objectif macro Zeiss, tout de suite ! » Pour finir, il cria à tout le monde de s'écarter pour qu'il puisse se mettre au travail avant que la lumière du soleil ne devienne trop intense et ne l'oblige à changer tous les paramètres.

— Pose la main droite sur le rebord du mur, Allie, ordonna-t-il, et tourne la tête un peu plus à gauche ! Parfait... Reste comme ça !

Echangeant alors son appareil contre le Polaroïd

que lui tendait l'un de ses assistants, il fit une demi-douzaine de photos, qu'il alla examiner avec le directeur artistique après avoir sommé Allie de ne pas bouger d'un millimètre.

Les conversations entendues dans l'avion avaient appris à Rafe que les laboratoires Fortune Cosmetics avaient l'intention d'inonder les médias de publicités pour leur nouvelle ligne de produits. La campagne destinée à la presse écrite montrerait ces produits portés dans toutes sortes de situations différentes — au travail, sur un terrain de sport, dans la rue, au théâtre... —, et Santa Fe avait été choisi pour la première série de photos parce que la ville et ses environs étaient à la fois chic et proches de la nature.

Ainsi, chaque femme se sentirait concernée, pensa Rafe tout en scrutant le petit groupe de clients et d'employés de l'hôtel qui s'étaient rassemblés pour observer la scène.

L'examen du registre, la veille, lui avait révélé la présence dans l'ancienne hacienda de plusieurs personnes célèbres, ce qui n'était pas étonnant pour un établissement où le coût d'une semaine de séjour dépassait le salaire mensuel de la plupart des gens. Le genre de désaxés qui poursuivaient les stars appartenait rarement aux milieux les plus favorisés, et Rafe doutait donc que le persécuteur d'Allie fît partie des pensionnaires du Rancho Tremayo, mais il ne voulait prendre aucun risque.

Un hurlement du Zèbre attira de nouveau son attention sur la séance de travail en cours. Le visage écarlate, Avendez était en train de tancer vertement un jeune homme dégingandé qui arborait un sweat-shirt orange de l'université du Texas et une casquette de base-ball posée à l'envers.

— Va rejoindre Allie avec ce fichu photomètre, et donne-moi une mesure précise, cette fois !

Les essais ne lui avaient apparemment pas fourni l'effet « naturel » qu'il recherchait. Jurant entre ses dents, il se pencha sur son viseur et tripota l'énorme objectif fixé à son appareil avant de lancer une nouvelle série d'instructions. Des réflecteurs furent déplacés, des filtres changés, certains projecteurs réglés plus haut, d'autres plus bas, et le coiffeur profita de l'occasion pour aller « libérer » un peu plus les cheveux d'Allie.

La jeune femme avait gardé une immobilité parfaite pendant tout ce temps. Sa main était toujours posée sur le mur de pisé, et sa tête tournée vers les monts Sangre de Cristo. Après la crampe qu'il avait eue le matin même, Rafe ne pouvait qu'admirer la capacité d'Allie à maîtriser son corps.

Enfin, Avendez déclara les réglages terminés.

— Prends ton air le plus inexpressif, Allie ! ordonna-t-il. Inexpressif, j'ai dit ! Dépêche-toi ! On n'a pas toute la journée !

Rafe observa la jeune femme avec attention. Il ne vit remuer aucun muscle de son visage, et, pourtant, ses traits ressemblèrent soudain à une toile blanche attendant le premier coup de pinceau du peintre.

— C'est mieux ! s'écria-t-il.

L'obturateur de son appareil émit un petit déclic.

— Prends un air rêveur, maintenant ! Non, pas endormi... rêveur ! Je sais que tu t'es levée tôt, mais fais un effort, bon sang ! Oui, très bien... Reste comme ça !

Clic ! Clic !

— Le regard plus vif, à présent ! Non, je ne te demande pas d'ouvrir les yeux comme des soucoupes : j'aimerais juste y voir briller une lueur d'intelligence... si tu en es capable... Xola ! Va remonter ce col de dentelle ! Il bâille, c'est une horreur ! Toi, Allie, tu gardes la pose !

Pendant que Xola rajustait le col incriminé, Allie ne bougea pas d'un centimètre. Les secondes passèrent, se transformèrent en minutes... Sous l'effet d'une étrange empathie, les muscles de Rafe commencèrent de se contracter. Combien de temps Allie allait-elle devoir demeurer ainsi, le dos raide et la tête levée ?

Un quart d'heure, tout au plus, mais qui parut une éternité à Rafe. Ensuite, Avendez soumit la jeune femme à une sorte de chorégraphie compliquée, qui faisait alterner de lents mouvements avec la recherche d'une immobilité complète, le tout accompagné de mimiques exprimant toute la gamme des sentiments, de la tendresse à la joie en passant par la mélancolie.

Dès qu'un rouleau de pellicule était terminé, un assistant l'emportait au laboratoire et revenait au bout de deux minutes à peine avec la planche-contact correspondante. Le photographe et le directeur artistique l'examinaient à la loupe entre deux prises, entouraient au feutre rouge les clichés qui devaient être développés, puis Avendez se remettait au travail.

Il lui fallut trois heures et douze rouleaux de pellicule pour obtenir l'effet qu'il voulait.

Allie se dirigea alors vers le portail de l'hacienda, s'appuya à l'un des montants de bois, et tout recommença.

La fraîcheur de l'aube n'était maintenant plus qu'un souvenir et, avec la montée de la température, le ciel avait progressivement perdu son éclatante pureté : de gros nuages se formaient à l'endroit où l'air chaud montant du désert rencontrait l'atmosphère plus froide des montagnes. Avendez tempêtait chaque fois que l'un de ces nuages obscurcissait le soleil, et il passait sa mauvaise humeur sur une personne après l'autre, si bien que tout le monde — sauf Allie — finit par être à cran.

— Je ne sais pas comment elle fait pour rester aussi calme, murmura Xola à Rafe après une remarque particulièrement désobligeante du photographe à l'adresse de son modèle. Moi, je dois me retenir dix fois par jour pour ne pas donner ma démission, mais Allie, elle, laisse les reproches de

Dom glisser sur elle comme l'eau sur les plumes d'un canard.

Et elle supportait beaucoup d'autres choses avec la même philosophie, songea Rafe. Les interminables stations debout, par exemple, les ordres et les contre-ordres du photographe, la nuée de gens qui, à chaque pause, se pressaient autour d'elle comme des mouches pour la recoiffer, retoucher son maquillage ou prendre des mesures photométriques...

Rafe ne put cependant s'empêcher d'admirer aussi la capacité qu'avait Avendez à retrouver sa concentration dès qu'il regardait de nouveau dans son viseur. Si un missile était tombé près de lui, alors, il ne l'aurait même pas remarqué.

— Baisse le menton, Allie ! Un peu plus... Là, c'est bien ! Tourne-toi légèrement vers la droite, maintenant ! Non, ma droite à moi, espèce d'idiote !

La tête de la jeune femme effectua un gracieux demi-cercle en direction de Rafe, et ses yeux plongèrent dans les siens.

— Souris, à présent ! reprit le photographe. Non, pas comme ça ! Tu as l'air d'une collégienne qui vient de recevoir le prix de bonne conduite... Je veux un sourire sensuel ! Oui, c'est mieux... Ne bouge surtout pas !

Allie fixait toujours Rafe, et il sentit une onde brûlante l'envahir en la voyant lui adresser le genre de sourire que tout homme rêve de recevoir d'une femme dont le premier baiser l'a conquis. Un sourire qui disait qu'elle était prête à l'embrasser de nouveau s'il en avait envie. Et il en avait une folle envie, bien sûr ! Son cœur battait la chamade, et il lui fallut toute la force de sa volonté pour se rappeler que ce sourire ne lui était pas réellement destiné.

— La tête un peu inclinée sur le côté, maintenant ! ordonna Avendez. Stop ! Reste comme ça... Et zut ! Ma pellicule est finie !

Un instant encore, le regard d'Allie demeura rivé sur le visage de Rafe. Plusieurs secondes s'écoulèrent, puis la jeune femme cligna des paupières et se détourna lentement.

Rafe émergea aussitôt de l'état quasi hypnotique dans lequel il flottait, mais cette étrange expérience le laissa complètement désorienté : il ne comprenait pas comment un sourire de commande avait réussi à l'émouvoir à ce point.

Mais s'agissait-il vraiment d'un sourire de commande ? Lorsqu'elle fut parvenue à détacher ses yeux de Rafe, Allie dut mettre les mains derrière son dos pour cacher leur tremblement. Elle ne voulait pas que Rafe se rende compte du pouvoir qu'il détenait sur elle. Ni du trouble profond où l'avait plongé son regard. C'était si déconcertant, si nouveau pour elle ! Elle ne s'était jamais sentie aussi vulnérable depuis le jour de sa première rentrée des classes, quand, sa sœur jumelle étant grippée, elle avait dû affronter seule le monde terrifiant de l'école.

Pourquoi Rafe Stone la fascinait-il à ce point ?

Rompue qu'elle était aux longues séances de photos, elle savait habituellement s'abstraire de tout ce qui l'entourait, profitant des poses interminables où elle devait rester immobile pour s'enfermer dans ses pensées ou laisser vagabonder son esprit...

Aujourd'hui, cependant, elle n'y était pas arrivée. Ses longues années de métier lui avaient pourtant appris à ne plus prêter attention aux dizaines de paires d'yeux fixés sur elle en permanence lorsqu'elle posait. Il y en avait un peu moins lors des séances en studio, mais les photos en décor naturel attiraient toujours une petite foule de spectateurs, et Allie ne s'était jusqu'ici jamais laissé distraire par la curiosité des badauds.

En quoi Rafe Stone était-il différent ? Pourquoi semblait-il attirer irrésistiblement son regard ? Lorsque Dom lui avait demandé de tourner la tête, tout à l'heure, c'est sur lui que ses yeux s'étaient posés d'instinct, comme si c'était naturel, comme si elle ne pouvait pas faire autrement. Puis, quand Dom avait exigé d'elle un sourire sensuel, il lui avait suffi de se rappeler la façon dont Rafe l'avait embrassée, le matin, pour que le genre de sourire qu'exigeait le photographe lui vienne tout naturellement.

Elle regrettait à présent d'avoir repensé à ce baiser, car le seul fait de se le remémorer lui donnait envie de sentir de nouveau les lèvres de Rafe sur les siennes. C'était stupide d'avoir évoqué ces moments de volupté, presque aussi stupide que de se les être accordés. La prochaine fois que Dom voudrait un sourire sensuel, elle songerait à... à... Peu importe ! Elle trouverait bien quelque chose !

Une directive lancée par Dom à l'un de ses assistants ramena la jeune femme à la réalité. Il avait apparemment changé la pellicule de son appareil et se dirigeait maintenant vers elle.

— Prête ?

Allie inspira à fond et tourna la tête de façon à ne plus avoir Rafe dans son champ de vision.

— Prête, répondit-elle.

Les séances de photos allaient l'occuper toute la journée, se dit-elle pour se rassurer. Le soir venu, elle dresserait avec Dom le bilan du travail déjà effectué et fixerait le programme du lendemain. Sauf pendant ses joggings matinaux, elle ne serait donc jamais seule avec Rafe. Désormais, en tout cas, elle veillerait à ce qu'il s'échauffe avant de partir, afin d'éviter la survenue d'une autre crampe. La première avait eu des conséquences par trop... surprenantes.

Non, elle avait mieux à faire, pour l'instant, que de se laisser distraire par cet homme. Plus tard, une fois la campagne publicitaire réalisée, peut-être prendrait-elle le temps de réfléchir à son étrange et puissante attirance pour lui. Peut-être irait-elle même jusqu'à lui téléphoner, ou à passer le voir chez lui...

Mais pour cela, encore faudrait-il qu'elle sache où il habitait, songea-t-elle. Or elle ignorait tout de Rafe, et pas seulement son adresse. Elle ne savait rien de sa situation de famille, de ses origines...

La voix de Dom arracha de nouveau la jeune femme à sa rêverie.

— Tu veux bien redescendre sur terre, Allie ? On a déjà perdu assez de temps comme ça ! Et arrête de froncer les sourcils ! On essaie de convaincre les gens d'acheter ces produits de beauté, alors tâche de ne pas donner l'impression qu'ils te brûlent la peau, bon sang !

Allie se composa un visage lisse et souriant mais, derrière cette façade, un tumulte de pensées l'assaillait.

Comment avait-elle pu être assez imprudente pour embrasser un homme dont elle ne savait rien ? Le fiancé qu'elle croyait pourtant bien connaître lui avait autrefois infligé une blessure aussi cruelle qu'inattendue, et cela aurait dû lui servir de leçon.

Il n'était cependant pas trop tard. Elle allait téléphoner à quelqu'un pour lui demander de prendre des renseignements sur Rafe. Après tout, celui-ci ne s'était pas gêné pour enquêter sur elle et sur son entourage. Au moins, ils seraient à égalité sur ce plan-là.

Mais qui appeler ? Pas sa jumelle, qui ne manquerait pas de railler ce brusque intérêt pour son « gorille ». Pas Jake non plus, parce qu'il voudrait des explications et qu'Allie ne lui parlait plus de sa vie privée depuis qu'elle avait compris que le travail, pour lui, comptait plus que ses propres enfants.

Sa sœur aînée, peut-être ? Non. Caroline était fiable, mais elle avait déjà assez de soucis comme ça en ce moment.

Allie eut alors une illumination : c'était à son cousin Michael qu'il fallait qu'elle s'adresse ! Elle pouvait compter sur cet homme entreprenant et dynamique, aujourd'hui directeur du développement des produits Fortune Cosmetics, pour découvrir tout ce qu'il y avait à savoir sur Rafe Stone. Et même s'il n'en avait pas le temps, sa secrétaire, Julia Chandler, se chargerait de cette tâche ; elle était d'une compétence et d'une efficacité remarquables.

Ravie d'avoir résolu son problème, la jeune femme décida de téléphoner à Michael pendant la pause du déjeuner.

Un coup d'œil à Dom, dont le visage arborait une expression mécontente, lui apprit cependant que ce moment de détente était encore loin.

# 6.

Les jours suivants, Rafe ne quitta pratiquement pas Allie des yeux, de 5 heures du matin à 9 ou 10 heures du soir, mais ils ne furent seuls ensemble que pendant leurs joggings matinaux.

Cet arrangement lui convenait parfaitement : faute de parvenir à oublier le baiser qu'ils avaient échangé, il jugeait préférable de ne pas passer trop de temps en tête en tête avec sa cliente.

Il ne s'en obligeait pas moins à augmenter un peu plus chaque jour la durée de leurs sorties dans le désert. Ses poumons et les muscles de ses jambes protestaient violemment, mais il ignorait la douleur par égard pour Allie, dont c'était les seuls moments de détente : dès son retour à l'hôtel, elle devait de nouveau se plier aux multiples contraintes de son métier.

Au bout d'environ une semaine, Rafe soufflait encore comme une locomotive, mais il s'aperçut qu'il avait moins de mal à soutenir l'allure imposée par la jeune femme. Au lieu de la suivre péniblement comme les autres fois, il réussit même à rester à sa hauteur, ce qui lui permit de savourer le spectacle de son visage éclairé par les premiers rayons du soleil.

Maquillé, ce visage était sans défaut. Dépourvu de maquillage, il demeurait proche de la perfection, mais, au fil des jours, Rafe avait découvert qu'Allie ne tirait aucune vanité de son éclatante beauté. Elle la considérait comme un don comparable à celui de la musique ou du dessin, et elle l'entretenait à la manière d'un artiste cultivant son talent.

La patience et la bonne humeur inaltérables de la jeune femme étaient aussi pour Rafe une source d'émerveillement toujours renouvelée. Elle ne s'offusquait jamais des critiques que tout le monde semblait se sentir en droit de lui adresser, depuis Avendez jusqu'au jardinier de l'hôtel, venu un après-midi assister à une séance de travail. Rafe, lui, devait chaque fois se retenir pour ne pas prendre sa défense, et, se rappelant soudain une remarque spécialement méchante du photographe, il poussa un juron étouffé.

— Ça va ? demanda Allie en lui lançant un bref coup d'œil.

— Non !

— Vous voulez qu'on rentre ?

— Pas tout de suite. J'aimerais d'abord essayer d'atteindre la nationale.

— Seriez-vous en train de devenir un accro du jogging ?

— Désolé de vous décevoir, mais je préférerais de loin être en ce moment dans mon lit.

La jeune femme éclata de rire, et Rafe se rendit compte que c'était la première fois qu'il l'entendait rire. Cela le surprit, et il décida de la surprendre à son tour — en atteignant la nationale, même s'il ne devait pas survivre à cet exploit.

Il y survécut, mais n'en fut pas moins soulagé quand, arrivés au bout du chemin de terre, ils firent demi-tour. Une fois le portail du Rancho Tremayo franchi, ils se mirent au pas pour traverser le patio.

La bonne odeur d'oignons frits qui s'échappait des cuisines de l'hôtel excita l'appétit de Rafe, et il éprouva soudain un besoin urgent de remplacer les calories qu'il venait de brûler.

— Que diriez-vous de prendre le petit déjeuner avec moi, aujourd'hui ? demanda-t-il à sa cliente. Un vrai petit déjeuner, au restaurant, et pas une tasse de café bue en vitesse dans votre chambre.

— Vous êtes réellement capable, vous, d'avaler des oignons frits à 6 heures et demie du matin ?

— Bien sûr ! Que seraient les huevos rancheros sans oignons ?

— Je n'en ai pas la moindre idée ! Je ne sais même pas ce que c'est.

Rafe s'immobilisa et força Allie à l'imiter en l'attrapant par le bras.

— Dois-je comprendre que vous n'avez jamais savouré de tortilla garnie d'œufs sur le plat, de haricots rouges, de sauce au piment, d'oignons frits, de fromage et de tous les restes de la veille ?

— J'ai grandi dans le Minnesota, Rafe, et quand mon travail ne m'oblige pas à me déplacer, je vis à Manhattan... Où trouverais-je vos huevos-quelque chose — à supposer que j'aie envie d'en manger, ce qui n'est pas le cas ?

— Il y en a ici, justement, alors profitez de l'occasion ! Vous ne pouvez pas passer deux semaines au Nouveau-Mexique sans goûter un seul plat de la cuisine locale !

— Un autre jour, peut-être, mais pas ce matin : je suis déjà en retard...

— ... sur le planning, oui, et c'est ma faute. Demain, alors ? Nous n'irons pas jusqu'à la nationale, et ainsi, nous serons revenus plus tôt.

— Non. L'une des règles d'or d'un entraînement sportif est de ne jamais réduire l'effort d'une fois à l'autre. Entendu pour demain, mais il faudra se lever avant 5 heures.

— Vous êtes dure !

— Je le sais, mais décidez-vous ! Je suis pressée.

— Bon, d'accord... Je dois cependant vous avertir que le chef cuisinier s'est engagé à me faire des chilaquiles.

— De quoi s'agit-il ?

— Vous verrez !

— Donnez-moi au moins un indice ! C'est animal, végétal ou minéral ?

— Les trois.

— Je commence à regretter d'avoir accepté votre invitation.

— Trop tard ! Une promesse est une promesse.

La jeune femme se remit en route, et Rafe l'accompagna jusqu'à son bungalow avant d'aller se remplir l'estomac de huevos rancheros. Il se doucha ensuite, puis rejoignit l'équipe qui se préparait à partir pour Santa Fe, cadre de la séance de photos du jour.

Allie n'arrivait pas à se concentrer.

Ce n'était pas la ronde incessante des voitures autour de la place centrale de Santa Fe qui l'en empêchait, ni la foule des touristes attirés par le spectacle, ni les hurlements de Dom, ni même les retouches continuelles à son maquillage et à sa coiffure que la chaleur rendait nécessaires.

Le problème, c'était Rafe.

Malgré les efforts qu'elle faisait pour ignorer sa présence, elle se surprenait toutes les deux minutes à le fixer. Il se tenait un peu à l'écart des techniciens, les yeux cachés par des lunettes d'aviateur. Ces lunettes devaient avoir une double fonction, songea-t-elle : elles lui permettaient à la fois de se protéger de la lumière aveuglante du soleil et de surveiller les alentours sans que personne ne s'en doute.

Elle nota pourtant que les cicatrices de Rafe attiraient l'attention de plus d'un touriste. Quand il s'en apercevait, il tournait la tête vers l'indiscret, qui se hâtait alors de regarder ailleurs. La jeune femme sentait son cœur se serrer chaque fois qu'elle était témoin de cette petite scène.

— Détends-toi, Allie ! finit par lui crier Dom. On réalise une publicité pour du mascara, pas pour un médicament contre les aigreurs d'estomac !

Ainsi rappelée à l'ordre, elle essaya d'oublier Rafe en s'absorbant dans son travail, mais si la force de l'habitude permettait à son corps et à son visage de se plier de façon quasi automatique aux exigences du photographe, son esprit, lui, continuait de vagabonder.

Elle veillait à ne plus poser les yeux sur Rafe, mais son image ne la quittait pas. Avec son jean et ses boots, ses cheveux noirs et son visage tanné aux traits énergiques, il lui faisait penser à l'un de ces rudes pionniers partis autrefois à la conquête de l'Ouest. Elle l'imaginait si bien chevauchant à travers les Grandes Plaines, ou poussant la porte d'un saloon rempli de cow-boys, de joueurs de poker et de belles Mexicaines dansant au son d'une guitare...

— Tu ne m'écoutes pas, Allie ! hurla soudain Dom. Tu crois que je n'ai pas assez de problèmes comme ça avec les nuages qui n'arrêtent pas de cacher le soleil ? Il faut encore que tu sois complètement ailleurs ? Garde la pose, bon sang ! Et zut... Il y a de la poussière sur le filtre, maintenant... Je dois en prendre un autre.

Une minute passa, puis deux, puis trois. L'assistant de Dom ne lui avait pas donné le bon filtre et, le temps qu'il trouve et rapporte celui qui convenait, Allie avait mal au dos. Elle changea légèrement de position, et quand Dom regarda de nouveau dans son viseur, il la couvrit d'invectives parce que tous ses réglages étaient à refaire, à présent...

Lorsque le photographe déclara finalement la séance terminée, même la patience d'Allie était à bout. Dom se montrait plus odieux au fil des jours. Il n'appréciait visiblement pas la présence constante de Rafe, à qui il n'adressait pas plus de trois phrases dans une journée. Rafe traitait cette hostilité par le mépris, et cela renforçait bien sûr l'animosité du photographe contre lui.

La mauvaise humeur de Dom empira, si c'était possible, quand Xola lui rappela la réception que le directeur de l'hôtel avait insisté pour organiser ce soir-là en leur honneur. Dom détestait les mondanités, et il décréta que ni lui ni aucun membre de l'équipe n'irait à cette fichue réception : il avait du travail, et les autres avaient besoin de se coucher tôt pour être en forme le lendemain.

Allie se vit alors confier la tâche ingrate de persuader le photographe que quelques heures de détente feraient du bien à tout le monde. Elle s'y employa sur le chemin du retour, et Dom finit par céder, mais seulement au terme d'une discussion orageuse qui dura pendant presque tout le trajet.

Si bien qu'au moment où la voiture franchit le portail du Rancho Tremayo, Rafe, assis à l'arrière, avait les nerfs à vif.

Les moments de joyeuse insouciance qu'il avait partagés avec Allie le matin n'étaient plus qu'un lointain souvenir. Peu après leur arrivée au Nouveau-Mexique, il avait téléphoné au commissariat de Santa Fe pour l'informer de la menace qui pesait sur la jeune femme. La police locale avait promis de demander à celle de New York de la tenir au courant des progrès de l'enquête, et elle avait accepté d'envoyer aujourd'hui l'un de ses hommes surveiller la foule attirée par la séance de photos. Malgré le concours de cette paire d'yeux supplémentaire, les longues heures passées en plein soleil, à guetter le moindre signe de danger, avaient épuisé Rafe.

Pour tout arranger, Avendez avait prolongé la journée de travail bien au-delà de la limite prévue. Il lui fallait toujours un cliché de plus, une pose de plus... Rafe avait une nouvelle fois admiré l'endurance d'Allie : elle était aussi infatigable que le photographe !

Peut-être ne s'agissait-il cependant que d'une apparence, car lorsque Rafe se présenta le soir à son bungalow pour l'emmener à la réception, il nota qu'elle avait les épaules un peu tombantes. Elle se redressa néanmoins très vite, et parvint même à sourire avant de l'inviter à entrer.

— Vous n'êtes pas obligée de faire ça avec moi, dit Rafe en franchissant le seuil.

— Obligée de faire quoi ? demanda la jeune femme.

— De vous cacher derrière le masque du top model.

Une expression que Rafe ne réussit pas à déchiffrer passa sur les traits d'Allie. Elle le fixa un moment en silence, comme si elle espérait découvrir dans ses yeux l'explication de cette remarque inattendue, puis elle haussa les épaules et déclara :

— Il ne s'agit pas d'un masque.

— Je suis sûr que si.

— Vous vous trompez, mais restons-en là, si vous le voulez bien. J'ai eu ma dose de discussion pour aujourd'hui. Je vais chercher ma pochette, et nous y allons.

Sur ces mots, elle se dirigea vers la table basse placée devant la cheminée, et Rafe, en la suivant du regard, songea que la soirée promettait d'être encore plus éprouvante, pour lui, que la journée.

Une semaine plus tôt seulement, il n'aurait ressenti que du désir pour cette créature de rêve à la mince silhouette moulée dans un bustier vert émeraude et une minijupe de cuir noir, aux longues jambes gainées de soie...

Mais ce soir, le léger signe d'abattement qu'il avait perçu chez elle le touchait plus que sa radieuse beauté.

Du moins arriva-t-il à s'en convaincre jusqu'à ce que la jeune femme se penche pour prendre la pochette, car la brusque accélération de son pouls lui dit alors qu'il se mentait à lui-même : en réalité, le corps parfait d'Allie l'intéressait tout autant, sinon plus, que les secrets enfouis à l'intérieur de sa jolie tête.

Cette constatation déprima Rafe, dont l'humeur s'assombrit encore quand tous les hommes présents à la réception se mirent à dévorer Allie des yeux dès son entrée dans le salon de l'hôtel.

Le directeur se précipita aussitôt vers elle et lui posa une main possessive sur l'épaule en s'écriant :

— Mademoiselle Fortune ! Nous vous attendions ! Venez, je vais vous présenter quelques-uns de mes clients !

Celui que Rafe avait intérieurement surnommé « le Bellâtre » à cause de ses cheveux gominés entreprit alors de promener la jeune femme autour de la pièce comme une bête de concours sur un champ de foire.

Cela agaça prodigieusement Rafe, et il aurait été soulagé lorsque la tournée fut terminée si Avendez n'avait choisi ce moment pour s'approcher d'Allie et lui passer un bras autour du cou. De là où il était, Rafe n'entendit pas ce qu'il lui disait, mais la jeune femme éclata de rire et effleura d'un baiser le côté chauve de son crâne.

— Je peux vous offrir une margarita ?

Hésitant à reconnaître la voix de Xola dans les modulations sensuelles qui venaient de s'élever derrière lui, Rafe se retourna, mais il s'agissait bien de l'accessoiriste. Cette femme était décidément surprenante : habitué à sa voix rauque et à son rire sonore, jamais il n'aurait imaginé que des accents aussi suaves pussent sortir de sa gorge.

— Merci, répondit-il, mais je préférerais un verre de Coca-Cola ou, mieux encore, une tasse de café.

— Il vous est interdit de boire de l'alcool pendant le service, je suppose? Mon pauvre! Moi, j'ai besoin d'au moins trois margaritas pour me remettre de la journée d'aujourd'hui. Dom s'est vraiment surpassé !

— Alors pourquoi restez-vous avec lui? Vous trouveriez facilement un autre emploi. Même pour un profane comme moi, il est évident que vous êtes extrêmement compétente dans votre domaine.

— Je ne suis pas juste « extrêmement compétente » : je suis la meilleure! s'écria Xola. Mais Dom est, lui aussi, le meilleur dans son domaine, et c'est l'une des raisons pour lesquelles je ne veux pas le quitter.

Cette remarque fut ponctuée par un regard d'une étrange intensité en direction du photographe. Rafe étudia un instant le visage de son interlocutrice, puis il demanda d'une voix douce :

— Avendez sait-il que vous êtes amoureuse de lui ?

— Vous plaisantez? Même si je brandissais une pancarte portant en grosses lettres : « Dom, tu es l'homme de ma vie ! », il ne s'en apercevrait pas. Il n'a d'yeux que pour Allie. Comme j'aimerais pouvoir la détester !

— Et pourquoi n'y arrivez-vous pas ?

— Parce que c'est l'une des seules stars de ma connaissance capable de comprendre que toute l'attention dont elle est l'objet n'a rien à voir avec elle en tant que personne. En outre, sans l'influence apaisante qu'elle a sur Dom, il serait encore plus insupportable, et je l'aurais sans doute déjà étranglé depuis longtemps.

— Si vous ne le faites pas, c'est peut-être moi qui finirai par le faire ! s'exclama Rafe avec un sourire malicieux.

Allie observait depuis l'autre extrémité du salon le couple inattendu formé par son garde du corps et son habilleuse, et ses doigts se crispèrent soudain sur le verre de margarita que le directeur de l'hôtel lui avait mis dans les mains : Rafe venait d'adresser à Xola exactement le même sourire qu'à elle juste avant de l'embrasser. Elle fronça les sourcils et s'écarta de Dom, dont le bras était resté enroulé autour de son cou. Il la fixa d'un œil noir, puis s'éloigna, mais la jeune femme s'en rendit à peine compte.

Rafe et Xola semblaient toujours avoir quelque chose d'amusant à se raconter, et cela l'irritait au plus haut point. Ils étaient presque tout le temps ensemble pendant les séances de pose, et pour rechercher encore la compagnie l'un de l'autre en dehors du travail, ils devaient vraiment s'apprécier ! Xola n'avait pourtant rien d'une beauté... Qu'est-ce que Rafe pouvait bien lui trouver ?

A peine cette pensée lui avait-elle traversé l'esprit, qu'une vague de honte submergea Allie. La jalousie n'était pas un sentiment très noble, d'autant que rien ne l'autorisait à l'éprouver. Rafe avait été engagé pour la protéger, mais il n'était pas obligé, pour cela, de demeurer en permanence collé à elle ! Rien ne lui interdisait de la surveiller de loin, tout en parlant à une autre femme.

— J'ai une faveur à vous demander, murmura soudain le directeur de l'hôtel à l'oreille d'Allie. Je me suis débrouillé pour obtenir quelques-unes des photos faites de vous dans le patio.

Les yeux toujours rivés sur Rafe et Xola, Allie hocha distraitement la tête.

— Vous voulez bien m'en dédicacer une ? continua le directeur. Je l'accrocherai au mur du hall, à côté de celle du vice-président qui a séjourné ici avec sa famille il y a deux mois.

— Pardon ? Oh ! je... Oui, bien sûr !

— Elles sont dans mon bureau. Attendez, je vais vous débarrasser...

Le directeur lui prit son verre et le posa sur la table la plus proche. L'esprit ailleurs, Allie se laissa guider vers l'une des portes latérales du salon, puis introduire dans un grand bureau lambrissé.

— Les voilà, déclara le directeur en lui tendant une douzaine de photos. Laquelle préférez-vous ?

Un rapide examen permit à Allie de constater qu'il s'agissait de clichés mis au rebut par Dom. Elle en sélectionna un qui la représentait en buste, sous l'arche du portail de l'hacienda, et indiqua :

— Celle-là.

— Oui, excellent choix ! Attendez, je vous donne un stylo...

Allie posa la photo sur le bureau et se pencha pour la dédicacer, mais elle cherchait encore une phrase originale ou amusante à inscrire lorsqu'elle eut la surprise de sentir le bras du directeur lui enlacer la taille.

— Si vous ne me lâchez pas immédiatement, annonça-t-elle sans se retourner, je vous enfonce la plume de votre stylo dans les côtes !

— Je... euh..., bredouilla l'homme en se reculant vivement. Je voulais juste...

— Je sais très bien ce que vous vouliez.

— Non, c'est un affreux malentendu ! Je me suis seulement appuyé sur vous pour mieux voir ce que vous alliez écrire.

— Mais oui...

La jeune femme signa la photo, jeta le stylo sur la table et lança au directeur un regard méprisant avant de déclarer d'un ton sec :

— Retournons dans le salon !

L'homme s'écarta pour la laisser passer et, dans

l'embrasure de la porte qu'il lui cachait jusque-là, Allie aperçut la haute silhouette de Rafe. Ce dernier garda le silence, mais l'expression de son visage était suffisamment menaçante pour que le directeur se sentît de nouveau obligé de se justifier :

— Nous... euh... Mlle Fortune et moi étions juste...

— Oui ? susurra Rafe.

— Euh... Mlle Fortune a accepté de me dédicacer une photo, et... et nous nous apprêtions à rejoindre les autres invités.

— Allez-y seul ! J'ai un mot à dire à ma cliente.

Visiblement soulagé de s'en tirer à si bon compte, l'homme se dépêcha de disparaître. Les yeux de Rafe se posèrent alors sur Allie qui frémit en y lisant une froide colère.

— Je croyais que nous avions passé un accord : plus de promenade le soir sans votre chaperon, observa-t-il d'une voix dure.

— Mon chaperon était occupé, répliqua-t-elle.

— Pas au point de rater votre sortie au bras de votre ami — et d'ignorer que vous aviez oublié ceci.

Rafe leva la main et brandit la pochette de la jeune femme. En le voyant en grande conversation avec Xola, Allie avait été si perturbée qu'elle avait oublié de prendre son sac au moment de quitter le salon. Certes, il contenait le bipeur qui était censé l'accompagner partout, mais il n'y avait pas de quoi en faire toute une histoire : la porte du bureau était restée grande ouverte, et il lui aurait suffi de pousser un seul cri pour alerter les dizaines de personnes rassemblées dans la pièce voisine.

— D'accord, j'ai un peu oublié les règles, admit-elle. Je suis désolée.

— Vous l'auriez été plus encore s'il vous était arrivé quelque chose.

— Il ne m'est rien arrivé, alors arrêtez de me sermonner ! Je me suis excusée, que voulez-vous de plus ? Que je vous supplie à genoux de me pardonner ?

— Bon, ça va pour cette fois, grommela Rafe, mais jurez-moi de ne plus jamais aller nulle part sans votre bipeur.

— Je vous le jure.

Le visage encore sévère, Rafe lança la pochette à la jeune femme qui, après l'avoir saisie au vol, remarqua :

— On ne vous a jamais dit que vous manquiez un peu de délicatesse dans vos relations avec vos clients ?

— Si, souvent. Venez, maintenant !

Tout en regagnant le salon avec Allie, Rafe songea qu'elle avait raison : il avait dramatisé une étourderie somme toute sans gravité. Contrairement à la jeune femme, cependant, il savait que sa colère était moins dirigée contre elle que contre lui-même. Quelques secondes d'inattention de sa part avaient suffi au directeur de l'hôtel pour emmener Allie dans une autre pièce, et il se reprochait amèrement cette faute professionnelle : à aucun moment, sous aucun prétexte, il ne devait relâcher sa vigilance.

L'honnêteté le forçait néanmoins à reconnaître que la violence de sa réaction n'avait pas la mauvaise conscience comme seule origine. Le fait de voir la jeune femme quitter la réception au bras de ce bellâtre y était aussi pour beaucoup, et il s'était élancé à leur poursuite avec dans le cœur un sentiment qui ressemblait fort à de la jalousie.

Le temps qu'il attrape la pochette abandonnée et atteigne la porte du bureau, Allie menaçait le directeur de lui enfoncer la pointe de son stylo dans les côtes, et il n'avait donc pas eu à intervenir, mais il n'aimait tout de même pas la façon dont les hommes tournaient autour d'elle comme des abeilles autour d'un pot de miel — lui y compris, pensa-t-il, irrité par sa propre faiblesse.

Lorsque Rafe raccompagna Allie jusqu'à son bungalow, une heure plus tard, un reste de colère subsistait encore en lui. Il inspecta avec soin chacune des pièces, puis déclara sèchement à la jeune femme :

— Refermez le verrou dès que je serai parti.

— D'accord, répondit-elle sur le même ton.

— Et gardez votre bipeur à portée de main.

— Entendu.

— Bonne nuit.

— Bonne nuit.

Malgré l'envie qu'elle en avait, Allie parvint à ne pas claquer la porte derrière son garde du corps. Cette journée qui avait si bien commencé, avec un agréable jogging suivi par l'invitation de Rafe à déguster des chila-quelque chose avec lui le lendemain matin, s'était finalement révélée l'une des pires de toute sa vie : non seulement Dom avait réussi à la pousser à bout, mais il avait fallu qu'ensuite Rafe prenne le relais.

Epuisée physiquement et moralement, la jeune femme entra dans la chambre. Elle enleva ses chaussures et jeta sans réfléchir sa pochette sur une chaise... avant de se souvenir du bipeur. Agacée mais soucieuse de ne pas commettre deux fois la même erreur, elle alla le chercher et le posa sur la table de chevet, près de la boîte à musique.

Après un bref passage dans la salle de bains dont elle ressortit en chemise de nuit, elle regagna la chambre. Arrivée près du lit, elle tendit la main vers le téléphone, hésita un instant, puis laissa retomber son bras. Rocky et elle avaient l'habitude de s'appeler tous les jours mais, ce soir, Allie ne se sentait pas le courage de parler à sa jumelle. Celle-ci percevrait immédiatement son désarroi et n'aurait pas plus de mal à lui en faire dire la raison qu'elle n'en avait eu à lui soutirer tous les détails du baiser de l'autre jour. La jalousie de sa sœur envers Xola l'amuserait beaucoup, et Allie n'était pas d'humeur à supporter ses sarcasmes.

Non, il lui fallait du temps pour mettre de l'ordre dans ses idées. Elle avait besoin, en particulier, de comprendre pourquoi Rafe Stone était capable de lui inspirer un tel mélange d'irritation et de fascination, pourquoi elle lui en voulait autant de sourire à une autre femme et pourquoi, surtout, elle ne pouvait se défendre contre l'envie d'échanger avec lui un second baiser alors qu'ils s'accordaient tous deux pour dire qu'il s'agissait d'une bêtise.

Allie poussa un soupir et remonta la boîte à musique. Puis, quand les premières notes de la polonaise de Chopin commencèrent de s'égrener, elle éteignit la lumière et se glissa entre les draps.

La sonnerie du téléphone la réveilla en sursaut au milieu de la nuit. Encore ensommeillée, elle heurta la boîte à musique de la main en voulant répondre. Le petit manège émit une série de tintements métalliques que noya très vite le bruit strident de la sonnerie suivante.

Jurant entre ses dents, la jeune femme s'assit dans son lit et chercha l'interrupteur à tâtons.

— Allô ! marmonna-t-elle lorsque la lampe allumée lui eut permis de décrocher sans risque de casser aucun des objets posés sur la table de chevet.

Silence.

— C'est toi, Rocky ?

— Non, Allison, ce n'est pas Rocky, susurra une voix basse et rauque.

Le sang de la jeune femme se figea dans ses veines.

— Alors, Allison, tu as encore fait l'amour à l'objectif, aujourd'hui ? L'as-tu fait de la même façon que d'habitude ? De la même façon que j'ai envie de le faire avec toi ?

Allie faillit raccrocher, mais se retint à la dernière seconde. D'un geste vif, elle prit le bipeur de sa main libre et le serra de toutes ses forces entre ses doigts.

# 7.

Allie était encore assise dans son lit, le téléphone dans une main et le bipeur dans l'autre, quand Rafe surgit sur le seuil de sa chambre. Il tenait un revolver à bout de bras, visiblement prêt à tirer ou à bondir sur un éventuel intrus, et si les obscénités que la jeune femme s'était obligée à écouter ne l'avaient déjà mise en état de choc, l'entrée théâtrale de son garde du corps l'aurait certainement fait.

Pieds nus, vêtu seulement d'un jean et d'une chemise qu'il n'avait pas pris le temps de boutonner, il scruta chaque recoin de la pièce avant d'arrêter son regard sur Allie et de lui demander d'un ton autoritaire :

— Que se passe-t-il ?

Tremblant de tous ses membres, Allie éloigna le combiné de son oreille, et le signal de fin de communication retentit dans le silence.

— C'était..., commença-t-elle d'une voix étranglée. C'était lui. Je l'ai laissé parler pour... pour essayer de le garder au bout du fil. Il vient de raccrocher.

Rafe baissa son arme, s'approcha du lit et tendit la main vers le téléphone, mais les doigts de la jeune femme, crispés sur le combiné, refusèrent de s'ouvrir.

— Lâchez ça, Allie, murmura Rafe.

— Je... euh..., bredouilla-t-elle en fixant l'appareil comme s'il s'agissait d'un objet inconnu.

Elle semblait en état de choc. Doucement, il posa le revolver sur la table, prit le combiné et le reposa sur son support.

— Tout va bien, déclara-t-il ensuite. Je suis là. Il ne peut pas vous faire de mal.

— Il... il dit qu'il ne veut pas me faire de mal, sauf... sauf s'il y est forcé. C'est du moins ce qu'il m'a dit.

Poussant un juron, Rafe saisit le bipeur qui alla rejoindre le revolver sur la table de chevet, puis il s'assit à côté de la jeune femme et l'attira dans ses bras.

Toujours agitée de tremblements incontrôlables, Allie se blottit contre lui, mais refusa de laisser couler les larmes qui lui nouaient la gorge. Son persécuteur l'effrayait peut-être, mais il ne la ferait pas pleurer! Elle avait juste besoin d'un peu de temps pour se ressaisir.

Avec un soupir de soulagement et de peur rétrospective mêlés, elle enfouit son visage dans le creux de l'épaule de Rafe.

— Tout va bien, Allie, chuchota ce dernier. Je suis là.

Puis il la berça doucement, et la frayeur de la jeune femme commençait de se calmer lorsqu'elle sentit Rafe se redresser. Affolée, elle s'accrocha à lui.

— Ne vous inquiétez pas, je ne pars pas..., murmura-t-il. Je veux juste poser une ou deux questions au standardiste de l'hôtel.

Ces mots rassurants ne suffirent pas à convaincre Allie de s'écarter de Rafe qui décrocha donc le combiné d'une main, laissant son autre bras enroulé autour de la taille de la jeune femme.

— Mlle Fortune vient de recevoir un coup de téléphone, déclara-t-il à l'employé. Pouvez-vous me dire si son correspondant appelait de l'un des bungalows de l'hôtel ?... D'accord... Maintenant, est-il possible de savoir si c'était un appel local ou longue distance ?... Bon, tant pis ! Merci quand même.

Quand Rafe eut raccroché, Allie leva légèrement la tête et demanda :

— Vous n'avez pas obtenu tous les renseignements que vous désiriez ?

— Non. Tout ce que j'ai pu apprendre, c'est que l'appel venait du dehors.

— Cela ne nous avance pas beaucoup.

— Pas tellement, en effet, mais j'aimerais à présent que vous me rapportiez les paroles exactes de votre correspondant.

— Non, pas tout de suite, je vous en prie ! Je ne me sens pas encore prête à en parler.

— Alors j'attendrai que vous le soyez.

En fait, Allie doutait de jamais l'être. Elle n'avait pas envie de repenser aux propos que lui avait tenus ce désaxé, et encore moins de les répéter. Il avait évoqué en termes obscènes et terrifiants un acte qui, loin d'être brutal, devait être l'expression d'une attirance, d'un respect et d'une tendresse mutuels. Un acte qui était pour elle l'un des plus beaux que la vie puisse donner à connaître, et l'un des plus émouvants — comme la douceur de l'étreinte dans laquelle Rafe la tenait serrée, comme le rythme accordé de leurs deux cœurs.

Les tremblements convulsifs d'Allie cédèrent peu à peu la place à des frissons intermittents, et la peur disparut au profit de sensations plus immédiates et infiniment plus agréables : la légère odeur d'amidon de la chemise de Rafe, la tiédeur de sa peau, son souffle qui lui caressait les cheveux...

Un feu insidieux se mit à courir dans les veines de la jeune femme. Prise d'une pulsion irrépressible, elle posa les lèvres sur la gorge de Rafe. Il se raidit, ce qui aurait dû la ramener à la raison mais, loin de s'écarter de lui, elle referma les mains sur ses bras pour l'empêcher de se dégager. Excitée par la flamme qui venait de s'allumer dans ses yeux, elle s'enhardit et se mit à parcourir de petits coups de langue le torse musclé que découvrait la chemise entrouverte.

Plus tard, Allie ne parviendrait pas à se rappeler comment sa chemise de nuit avait glissé de ses épaules, ni à quel moment exact la main de Rafe s'était aventurée sur son corps. Déjà, l'intensité de son désir l'accaparait tout entière, et une onde puissante de volupté la parcourut lorsque les doigts de Rafe se mirent à jouer avec la pointe de ses seins.

Voulant lui donner autant de plaisir qu'elle en recevait, la jeune femme commença de le couvrir de lentes caresses. Elle effleura la surface lisse et ferme de son ventre, suivit les contours de sa large poitrine, remonta encore... et se figea en rencontrant les cicatrices qu'il portait au cou.

Rafe avait depuis longtemps renoncé à lutter contre l'appel impérieux de ses sens. Il avait d'abord tenté de se contrôler : Allie était sa cliente, elle venait de recevoir un coup de téléphone inquiétant, et il fallait en obtenir le contenu précis et complet avant qu'elle n'oublie des détails potentiellement importants.

La force de l'élan qui le soulevait vers elle avait rapidement étouffé la voix de la sagesse, et il s'y était abandonné sans réserve, mais la pause marquée par la jeune femme au contact de ses anciennes blessures le ramena en une seconde à la réalité. Il agit alors comme il aurait dû agir bien plus tôt : il s'écarta d'elle.

Après un instant d'hésitation, les doigts d'Allie avaient repris leur exploration, et, quand Rafe se recula, elle lui lança un regard surpris.

— Non, nous ne pouvons pas faire ça, déclara-t-il avec autant de fermeté que le lui permit le bouillonnement de son sang dans ses veines. Pas maintenant.

Puis, comme le visage de son interlocutrice s'assombrissait, il expliqua :

— Ce ne serait pas honnête de ma part. Vous êtes encore sous le choc de l'appel que vous avez reçu, et j'aurais le sentiment d'avoir profité de la situation. Vous avez besoin de vous calmer, de réfléchir à tête reposée aux conséquences d'un acte qui, j'en suis sûr, n'a pour vous comme pour moi rien d'anodin.

Allie faillit répliquer que ce dont elle avait désespérément besoin, en cet instant précis, c'était de sentir le corps de Rafe contre le sien, mais, devinant que cette remarque n'aurait aucun effet, elle la retint.

Le comportement de Rafe la blessait, cependant : s'il avait éprouvé autant de désir pour elle qu'elle pour lui, aurait-il été capable d'en rester là ? L'histoire se répétait : le jour où ils s'étaient embrassés, c'était lui, déjà, qui avait rompu le premier leur étreinte.

Comme s'il lisait en elle, Rafe observa alors d'une voix douce :

— J'en avais très envie, moi aussi, et j'en ai toujours envie, mais il faut que nous parlions.

Gênée de voir ses pensées les plus intimes ainsi percées à jour, la jeune femme marmonna :

— Je ne suis pas d'humeur à parler.

— Il faut pourtant que vous me rapportiez mot pour mot les paroles de votre correspondant. Il a peut-être involontairement donné des indices sur son identité et l'endroit où il se trouve.

Rafe avait raison, Allie était bien obligée de l'admettre. Pour ne pas être tentée de se serrer de nouveau contre lui, elle alla s'asseoir à l'autre bout du lit et, les yeux fixés sur le mur opposé, elle répéta ce que lui avait dit son tourmenteur. Les phrases les plus obscènes eurent du mal à franchir ses lèvres, mais elle se força à en retrouver le contenu exact.

Un long silence suivit ce récit, puis Rafe poussa un nouveau juron. La jeune femme se risqua à jeter un coup d'œil dans sa direction et vit qu'il s'était levé.

— Je vais m'installer sur le canapé de votre séjour, annonça-t-il en rentrant les pans de sa chemise dans son jean. Je peux aller chercher quelques affaires dans mon bungalow ? Vous n'aurez pas peur ?

— Non, et ce n'est pas la peine que vous dormiez à côté. Je me sens tout à fait bien.

— Je veux quand même être ici, au cas où il rappellerait.

— Il ne rappellera pas, du moins pas cette nuit.

— Comment le savez-vous ?

— Il ne le fait jamais. D'ailleurs, il a atteint son objectif : me terroriser... sauf que je n'ai plus peur, à présent. La seule chose que j'éprouve, c'est de la colère.

Allie ne précisa pas qu'en plus de cette colère, dirigée contre son persécuteur, elle éprouvait bien d'autres émotions, mais qui, celles-là, lui étaient inspirées par Rafe : de l'embarras, de la rancœur, et plus de frustration qu'elle n'en avait ressenti de toute sa vie.

Deux fois déjà, elle s'était offerte à cet homme et, les deux fois, il avait fini par la repousser. La troisième serait la bonne, décida Allie. Elle ne resterait pas sur une défaite et agirait de façon à ne pas subir une autre rebuffade.

Pour l'instant, cependant, ses défenses étaient affaiblies, et il valait donc mieux que Rafe s'en aille, sinon elle risquait de se ridiculiser encore par des pleurs, des cris ou des supplications. Rafe ne devait pas savoir qu'il l'avait déstabilisée bien plus que l'auteur des coups de téléphone ne pourrait jamais le faire.

— Il est très tard, dit-elle donc d'un ton froid, et si je dois attendre votre retour pour essayer de me rendormir, j'aurai demain des cernes que même notre nouvelle ligne de produits ne parviendra pas à masquer.

— Vous êtes sûre que ça ira ?

— Oui.

Après quelques secondes d'hésitation, Rafe déclara avec un manque d'enthousiasme évident :

— Bon, je m'en vais, mais n'hésitez pas à m'appeler si vous avez besoin de moi.

Non, elle ne l'appellerait pas, songea la jeune femme, et pourtant, elle avait besoin de lui, même si la raison de cette dépendance, et surtout de son caractère irrépressible, lui échappait.

— Vous devriez peut-être renoncer à votre jogging, demain matin, observa Rafe en se dirigeant vers le séjour. Vous gagneriez ainsi une ou deux heures de sommeil.

— Non, je refuse de laisser ce désaxé bouleverser mes habitudes ! répondit Allie, qui s'était levée pour l'accompagner jusqu'à la porte.

— Je pensais bien que vous diriez cela... Je ne m'en plains pas, remarquez, car je suis curieux de connaître votre opinion sur les chilaquiles que nous mangerons ensuite... Vous n'avez pas oublié votre promesse, j'espère ?

— Elle m'était sortie de l'esprit, je l'avoue, mais ne vous inquiétez pas : je ne reviens jamais sur mes engagements.

Lorsqu'elle se recoucha, après le départ de Rafe, Allie était complètement épuisée. Cette soirée l'avait fait passer par toute la gamme des émotions : à la colère suscitée par les avances du directeur de l'hôtel, puis par les reproches de son garde du corps, avait succédé la terreur provoquée par l'horrible message de son correspondant anonyme. Et voilà que ce diable d'homme lui faisait éprouver tout à la fois un désir incontrôlable, une amère déception et un profond sentiment de gêne.

En toute logique, Rafe aurait donc dû lui inspirer maintenant plus de méfiance que d'attirance, et pourtant la perspective de prendre le petit déjeuner avec lui après leur jogging matinal l'excitait au point de l'empêcher de trouver le sommeil.

Pour la première fois de sa vie, elle découvrait que certaines réactions pouvaient échapper totalement à la logique, et cette découverte acheva de la dérouter.

Les événements privèrent, en fait, Allie à la fois de son jogging matinal et du petit déjeuner qui devait suivre.

Rafe et elle commençaient à peine leur séance d'échauffement devant le bungalow lorsque le téléphone sonna. La jeune femme n'eut même pas le temps de relever la tête qu'elle venait de poser sur son mollet gauche que Rafe avait déjà bondi à l'intérieur. Quand elle le rejoignit, il attendait, la main sur le poste de la chambre, et il lui fit signe de prendre l'appel dans le séjour.

Le cœur battant, Allie décrocha, et son garde du corps l'imita exactement au même moment. Mais au lieu du correpondant redouté ce fut la voix de Dom qui retentit, enthousiaste et joyeuse :

— Tu as vu ce lever de soleil ? C'est renversant ! Viens me rejoindre dehors dans vingt minutes.

— Vingt minutes ? Mais je ne suis même pas habillée !

— Ça m'est égal ! Enroule-toi dans un drap si tu veux... Non, il faut que tu portes du noir... Trouve quelque chose, n'importe quoi, ce sont seulement tes yeux qui m'intéressent, mais, pour l'amour du ciel, dépêche-toi !

La communication fut ensuite brutalement coupée. Allie reposa le combiné et dit à Rafe avec un sourire désabusé :

— Allez prendre votre café et vos chilaquiles pendant que vous le pouvez. Je ne donne pas cinq minutes à Xola et aux autres pour débouler ici avec armes et bagages.

Quelques instants plus tard, en effet, l'habilleuse, le coiffeur et les maquilleuses envahirent le bungalow. Contrairement à Allie, ils venaient juste d'être tirés du sommeil, et leur humeur s'en ressentait. L'idée de contempler le lever du soleil sur les monts Sangre de Cristo, aussi beau fût-il, ne les enchantait visiblement pas, et ce fut en maugréant contre les exigences des photographes en général, et de Dom en particulier, qu'ils se mirent au travail.

Après un petit déjeuner rapide, Rafe alla s'adosser au mur du patio où Avendez était en train de composer le tableau qu'il voulait fixer sur la pellicule. Allie était drapée dans une cape noire que Xola lui avait miraculeusement trouvée et, derrière elle, l'aube parait le ciel d'un somptueux flamboiement de couleurs, mêlant toutes les teintes de rouge, de pourpre et d'or, trouées ici et là de touches de turquoise.

Rafe avait appris que ce phénomène typique du Nouveau-Mexique était dû à l'altitude. L'air contenait si peu d'oxygène et de gaz carbonique qu'il ne possédait pratiquement aucune capacité de réfraction et de filtration de la lumière.

Cette atmosphère raréfiée était aussi à l'origine de son essoufflement pendant ses joggings avec Allie, mais Rafe se dit que c'était un inconvénient somme toute mineur en comparaison du merveilleux spectacle qui s'offrait à lui tous les matins.

Une question ne l'en taraudait pas moins : pourquoi Avendez, qui d'ordinaire n'était pas précisément un lève-tôt, avait-il pu savoir aujourd'hui qu'il y avait un tel spectacle à admirer ?

Et s'il était debout à moins de 5 heures, ne l'était-il pas également à 2 h 20, quand Allie avait reçu l'appel de son mystérieux correspondant ?

Cela n'avait rien d'impossible. Le photographe se montrait aussi exigeant envers lui-même qu'à l'égard des autres. Il s'enfermait toutes les fins d'après-midi dans le laboratoire avec les assistants chargés du développement des photos, et n'en sortait pas avant d'avoir obtenu des tirages parfaits. Il y retournait même souvent travailler très tard, après avoir passé une bonne partie de la soirée à discuter avec Allie.

Rafe avait inspecté la caravane dès le premier jour. Tout y était propre et bien rangé. Des flacons de produits chimiques soigneusement étiquetés et du matériel photo s'alignaient sur les étagères d'armoires vitrées fermées à clé. Le local était divisé en deux parties : au fond, une chambre noire ; sur le devant, un bureau équipé de plusieurs ordinateurs — et d'un téléphone, se rappela soudain Rafe.

Un coup d'œil à l'essaim de techniciens rassemblé autour d'Allie le convainquit que personne ne faisait attention à lui. Il mit les mains dans ses poches, se dirigea d'un pas nonchalant vers la caravane et se glissa à l'intérieur.

Le téléphone qui l'intéressait était un portable, constata-t-il. Pour fonctionner, il devait donc être relié soit à un opérateur local, soit à un opérateur national qui permettait, moyennant un supplément de prix, de l'utiliser en dehors de sa zone d'attache. Dans les deux cas, si une personne s'en était servie la nuit précédente à 2 h 20, la communication avait été consignée quelque part.

Rafe nota le numéro du portable sur un bout de papier. Il fallait l'autorisation d'un juge pour mettre un téléphone sur écoute, mais la consultation de simples relevés d'appels était beaucoup plus facile : il suffisait d'avoir un ami débrouillard ou des contacts dans la police.

Après avoir rangé le papier au fond de sa poche, Rafe fit une rapide visite de l'intérieur de la caravane. Rien n'avait changé depuis la première fois, sauf...

Il venait d'ouvrir l'une des deux portes articulées qui protégeaient un panneau d'affichage suspendu au mur, et son cœur bondit dans sa poitrine : des dizaines de photos d'Allie y étaient accrochées, en couleurs, en noir et blanc, de face, de profil... La jeune femme y apparaissait dans les poses les plus diverses, et avec sur le visage une expression tantôt rieuse, tantôt pensive, tantôt d'une sensualité à rendre fou de désir n'importe quel homme normalement constitué.

Lorsque Rafe parvint à s'arracher à sa contemplation, il découvrit la seconde moitié du panneau, et ce fut une émotion aussi puissante, mais d'une tout autre nature, qui le submergea alors : cette partie-là était couverte de clichés d'Allie barrés de grands X ou portant des commentaires peu flatteurs gribouillés au feutre rouge. L'une des inscriptions attira particulièrement l'attention de Rafe : étalée en travers de la bouche souriante d'Allie, elle disait qu'il fallait être idiot pour trouver séduisant le visage de cette femme ou acheter les produits qu'elle tentait de faire vendre.

Rafe avait encore les yeux fixés sur ce cliché lorsqu'il entendit la porte de la caravane s'ouvrir. Il se retourna et vit entrer le Bègue.

C'était le surnom dont les techniciens avaient affublé Jerry Philips, un étudiant de l'université du

Texas qui effectuait un stage avec Avendez. Philips ne payait pas de mine et semblait se donner beaucoup de mal pour paraître plus disgracieux encore qu'il ne l'était naturellement. La silhouette dégingandée, le cheveu plat, les épaules tombantes, il était invariablement vêtu d'un short informe, d'un sweat-shirt orange de son université deux fois trop grand pour lui et d'une casquette de base-ball posée à l'envers. Il sursautait chaque fois qu'Avendez le rappelait à l'ordre, ce qui arrivait souvent, et bafouillait lamentablement quand Allie essayait de le mettre à l'aise — d'où le surnom qu'on lui avait trouvé.

En s'apercevant de la présence de Rafe dans le laboratoire, il tressaillit violemment et bredouilla :

— Qu... qu'est-ce que vous faites là ?

— Je m'instruis, répondit Rafe.

— M. Avendez ne... euh... n'aime pas qu'on vienne ici sans sa permission.

— Je n'ai pas besoin de sa permission.

— Ah ! Dans ce cas, je... Ne vous occupez pas de moi. Je suis juste venu... euh... chercher une pellicule vierge.

Rafe s'écarta pour laisser passer Philips et le regarda, amusé, s'y reprendre à quatre fois pour introduire la clé dans la serrure de l'armoire contenant le matériel photo. Le stagiaire attrapa un rouleau de pellicule, referma la vitrine, et il s'apprêtait à partir lorsque Rafe lui déclara avec un signe du menton en direction du panneau d'affichage :

— Ce montage est très intéressant. C'est vous qui l'avez réalisé ?

— Non, c'est M. Avendez. Il regroupe sur ce tableau les photos dont il est spécialement content ou mécontent, et il les étudie. Quand il est de bonne humeur, il nous explique pourquoi il les juge réussies ou ratées.

— Et celle-là, il vous a dit pourquoi elle ne lui plaisait pas ? demanda Rafe en tapotant du doigt le cliché où le sourire d'Allie était presque entièrement recouvert de feutre rouge.

— Ce n'était pas nécessaire. N'importe quel étudiant de première année de photographie voit tout de suite que le réflecteur n'était pas réglé sur le bon angle : le visage reçoit trop de lumière. Il aurait fallu utiliser un polariseur pour adoucir un peu l'arrière-plan, donner plus de relief à la bouche... Car elle en vaut la peine !

Philips avait prononcé ces derniers mots d'une voix où perçait une sorte de vénération, et Rafe en conclut qu'il pouvait ajouter le Bègue à la liste des amoureux d'Allie — ou du moins des hommes qui la désiraient.

Du coup, Rafe considéra son interlocuteur avec plus d'attention qu'il ne lui en avait accordé jusque-là, et il se rendit compte que Philips avait beau avoir l'air d'un adolescent mal dans sa peau, il devait avoir dans les vingt-cinq ans. En tant qu'assistant du photographe, il avait en outre accès au laboratoire... et au téléphone portable.

— M. Avendez attend sa pellicule, déclara soudain le stagiaire. Il faut que je file.

— D'accord, marmonna Rafe, toujours plongé dans ses réflexions.

Il quitta la caravane quelques instants plus tard et fit un détour par son bungalow pour téléphoner à l'inspecteur de la police new-yorkaise chargé de l'enquête sur le persécuteur d'Allie. Il l'avait déjà mis au courant de l'appel de la nuit précédente, et il lui demanda cette fois de retrouver la trace des communications passées avec le portable du laboratoire.

L'inspecteur promit de s'en occuper immédiatement, mais prévint Rafe qu'il lui faudrait sans doute plusieurs jours pour obtenir un résultat : l'explosion des ventes de portables et la multiplication des opérateurs rendaient ce genre d'investigation plus compliqué de mois en mois.

Cette précision assombrit encore l'humeur de Rafe et, lorsqu'il ressortit dans la cour, il resta indifférent au magnifique spectacle qui se poursuivait dans le ciel où le bleu et l'or l'emportaient maintenant sur le violet et le rouge. Toute son attention était concentrée sur Allie et sur l'homme accroupi devant elle, l'œil collé au viseur de son appareil photo.

Le coup de téléphone de la veille pouvait, certes, venir de n'importe où — de l'autre bout du pays comme de la cour même de l'hôtel —, et avoir été donné par n'importe qui — par un parfait inconnu comme par Avendez, Philips ou l'un des nombreux autres assistants du photographe qui avaient accès à la caravane.

Mais tant que l'inspecteur de la police new-yorkaise ne lui aurait pas fourni les renseignements demandés, Rafe en serait réduit aux hypothèses, et la prudence l'obligeait malgré tout à informer Allie de ses soupçons.

Certain qu'elle en serait profondément affectée, il décida d'attendre le soir pour lui parler.

Quand la journée de travail fut terminée, Rafe alla prendre une douche et se changer, puis il franchit la courte distance qui séparait son logement de celui de la jeune femme.

Il frappa à la porte, mais il n'obtint pas de réponse.

Utilisant sa clé, il entra alors dans le bungalow.

Il n'y avait personne à l'intérieur.

Très inquiet, tout à coup, Rafe décida d'interroger chaque membre de l'équipe, y compris Avendez, mais aucun d'eux ne savait où se trouvait Allie.

# 8.

Le signal basse fréquence émis en continu par le bipeur de sa cliente permit à Rafe de la localiser en moins d'un quart d'heure.

Plus tard, lorsqu'il serait capable de repenser à ces quinze minutes avec calme et objectivité, il admettrait que sa réaction en retrouvant Allie avait été un peu excessive. Sur le moment, cependant, il se laissa emporter par une colère à la mesure de la frayeur qu'il avait éprouvée.

Jamais il n'avait eu aussi peur de toute sa vie, et le temps qu'il remonte la piste de la jeune femme, l'angoisse lui tordait l'estomac et son cœur cognait si fort dans sa poitrine qu'il semblait prêt à éclater d'une seconde à l'autre.

Allie était dans l'un des petits salons qui s'ouvraient sur le hall de l'hôtel, pendue au cou d'un grand homme brun dont le beau visage arborait une expression satisfaite qui donna à Rafe des envies de meurtre.

Visiblement inconsciente de l'enfer qu'elle

venait de lui faire vivre, la jeune femme se retourna en l'entendant entrer dans la pièce. Elle lui sourit et, après avoir enlacé la taille de l'inconnu, s'écria :

— Ah ! vous voilà, Rafe... Vous avez donc eu mon message.

— Non, mademoiselle Fortune, je ne l'ai pas eu, répliqua-t-il sèchement.

— Mais je vous ai téléphoné et, comme vous ne répondiez pas, j'ai laissé un message pour vous au standardiste de l'hôtel. Il devait vous rappeler toutes les cinq minutes.

— Si c'était vrai, il m'aurait joint, car je viens de passer plus d'un quart d'heure dans mon bungalow.

Cette accusation de mensonge fit tressaillir Allie. Son sourire disparut, ses traits se durcirent, et elle décréta d'un ton froid qui augmenta encore la colère de Rafe :

— Nous discuterons de ça plus tard. Pour l'instant, je voudrais vous...

— Non, nous allons nous expliquer maintenant. Dans votre bungalow et en privé. Votre... ami nous excusera sûrement.

— Désolé, mais cette conversation se déroulera en ma présence, ou ne se déroulera pas, intervint l'intéressé.

Son air posé et l'élégance de ses vêtements n'avaient pas empêché Rafe de reconnaître tout de suite en lui un homme d'action. Sans le quitter des yeux, afin de bien lui montrer qu'il ne se laisserait pas impressionner, Rafe déclara à sa cliente :

— Méfiez-vous, Allie ! Vous aurez plus de mal à calmer les ardeurs de celui-là que celles de vos autres soupirants.

— Vous dites des bêtises ! s'exclama la jeune femme.

— Et vous, vous en faites ! Quand vous déciderez-vous enfin à m'obéir ? Hier soir, vous avez laissé le directeur de l'hôtel se ménager un tête-à-tête avec vous dans son bureau, je vous retrouve aujourd'hui seule en compagnie de je ne sais qui, et...

— Si c'est ainsi que vous le prenez, coupa Allie, les yeux brillants de colère, vous aviez raison : l'explication dont vous parliez tout à l'heure doit en effet avoir lieu immédiatement.

— Parfait ! Allons dans votre bungalow !

— J'aimerais d'abord vous présenter mon « soupirant », annonça la jeune femme d'une voix soudain mielleuse. Il s'agit de Michael Fortune, mon cousin, qui se rend à Los Angeles et s'est arrêté ici pour m'apporter des... papiers.

Si Rafe avait été de meilleure humeur, peut-être aurait-il eu la bonne grâce de s'excuser de son erreur. Peut-être aurait-il aussi noté tout de suite l'hésitation d'Allie et se serait-il interrogé sur la nature des papiers mentionnés. La peur que lui avait causée la disparition de sa cliente était cependant encore trop présente pour lui permettre d'avoir les idées nettes.

— Enchanté, monsieur Fortune, marmonna-t-il.

— Excuse-moi, Michael, dit la jeune femme à son cousin, mais il faut que je discute en privé avec mon garde du corps. Je t'appellerai plus tard.

« Beaucoup plus tard ! » pensa sombrement Rafe en la suivant dans le hall. Il y avait une longue liste de choses sur lesquelles Allison Fortune et lui allaient devoir se mettre d'accord une fois pour toutes.

« Beaucoup plus tard ! » songea Allie tandis qu'elle franchissait la porte du bâtiment et sortait dans le patio envahi par les premières ombres du crépuscule. Elle avait d'abord plusieurs points à tirer au clair avec Rafe. Elle désirait notamment savoir pourquoi il était tellement en colère.

Le temps d'arriver à son bungalow, plusieurs explications lui étaient venues à l'esprit, mais elle les avait toutes rejetées — sauf deux.

Rafe avait été contrarié — et le mot était faible ! — par ce qu'il considérait comme une violation de ses sacro-saintes règles.

Et il était jaloux. De Michael, du directeur de l'hôtel, bref, de tous les hommes qu'il voyait la serrer d'un peu trop près.

Cette idée la surprit, l'irrita et lui fit aussi secrètement plaisir. Ayant récemment souffert d'un accès du même mal, elle en reconnaissait les symptômes, et un regard furtif en direction de Rafe lui permit de constater que sa fureur ne s'était pas calmée, qu'il avait même beaucoup de mal à la maîtriser.

C'était étrange, car à en juger par le rapport que Michael avait apporté, Rafe Stone ne devait pas perdre facilement son sang-froid. Allie sentit son pouls s'accélérer et regretta de ne pas avoir eu le temps d'étudier plus à fond ce rapport. Ce qu'elle y avait appris en y jetant un rapide coup d'œil l'avait vivement intéressée.

Rafe Alexander Stone, trente ans. Né à Miami d'un père docker et d'une mère d'origine cubaine. Adolescent, il avait été « encouragé » par un juge à s'engager dans l'armée. Il avait servi trois ans dans les marines avant de rejoindre la Légion, puis s'était mis à son compte. Spécialité : toutes les missions dangereuses. L'explosion d'une bombe avait failli lui coûter la vie, quelques années plus tôt. Ses parents étaient maintenant décédés, et son mariage avec une certaine Phyllis s'était terminé par un divorce.

Allie avait envie d'en savoir plus, beaucoup plus, sur l'homme qui exerçait un tel empire sur elle, et elle espérait y être parvenue avant la fin de la soirée, mais il fallait d'abord élucider, entre autres choses, l'affaire du message que Rafe l'accusait de ne pas avoir laissé.

Décidant de prendre l'offensive, la jeune femme se dirigea vers le téléphone, à peine la porte de son bungalow franchie, et composa le numéro du standard.

— Mlle Fortune, à l'appareil... Je vous ai chargé, il y a environ trois quarts d'heure, de transmettre un message à M. Stone, et il ne l'a apparemment pas reçu. Vous pourriez me dire pourquoi ?... Ah ! je vois... Attendez, je vous passe M. Stone, et vous allez lui répéter cela.

Une expression de défi dans les yeux, la jeune femme tendit le combiné à Rafe. L'employé venait de lui expliquer, avec force excuses, qu'un afflux de communications avait bloqué le standard juste après son appel, et qu'ensuite M. Stone ne devait plus être dans son bungalow, car il n'avait pas répondu au téléphone.

— Ça ne change rien, déclara Rafe après avoir raccroché. Vous n'auriez pas dû confier à une tierce personne le soin de me prévenir ; c'était un moyen trop peu fiable de m'informer de l'endroit où vous étiez. La preuve : je n'ai pas eu votre message.

— Mais je vous en ai bien laissé un, contrairement à ce que vous avez insinué tout à l'heure.

— J'ai été injuste, je l'admets. Ce n'est d'ailleurs pas la première fois que je me trompe à votre sujet.

Cet aveu, même fait de mauvaise grâce, aurait

normalement suffi à contenter Allie, car elle n'avait jamais pris aucun plaisir à humilier les gens. Dans ce cas précis, pourtant, elle ne put résister à la tentation de pousser son avantage afin de savoir ce que Rafe pensait d'elle. L'opinion des gens lui importait peu, en général, mais celle de cet homme, et les sentiments qu'elle lui inspirait, l'intéressaient vivement.

— En quoi vous êtes-vous déjà trompé à mon sujet ? demanda-t-elle donc.

— Eh bien, je me suis par exemple aperçu que vous étiez une professionnelle au vrai sens du terme. Vous n'avez rien d'une star superficielle et capricieuse.

C'était un début, mais pas exactement ce qu'Allie attendait.

— Ensuite ?

— Je ne prends plus votre patience pour de la passivité. Vous ne vous énervez jamais, alors qu'Avendez rend tous les autres fous. Mais il a, en fait, beaucoup moins d'autorité sur vous que vous n'en avez sur lui. Sans avoir l'air d'y toucher, c'est vous qui menez le jeu.

La clairvoyance de Rafe surprit la jeune femme. Kate et Rocky étaient jusque-là les seules personnes à avoir compris que, sous un extérieur calme et docile, elle provoquait souvent les événements. Sa sœur jumelle ne lui attribuait-elle pas, encore aujourd'hui, la responsabilité de quatre-vingt-dix pour cent des nombreuses heures qu'elles avaient passées dans leur chambre en punition d'une bêtise ou d'une autre ?

L'idée que Rafe avait su voir au-delà des apparences suscita en elle un fol espoir, et ce fut le cœur battant qu'elle demanda :

— Il y a autre chose ?

— Oui, répondit Rafe en posant doucement la main sur sa joue. Votre ascendant a fini par s'exercer aussi sur moi. Au point de me faire quelquefois oublier mon travail.

C'était mieux, beaucoup mieux..., songea Allie, dont la colère avait à présent complètement disparu.

Ses doigts vinrent recouvrir ceux de Rafe, et elle murmura :

— Moi non plus, je ne suis pas très attentive à mon travail depuis que vous êtes là.

Rafe se dit qu'il fallait interrompre cette discussion, dégager sa main et s'écarter d'Allie, mais il était de nouveau comme hypnotisé par l'intensité du regard planté dans le sien.

— De quoi vous êtes-vous encore aperçu ? reprit la jeune femme.

— De votre force, de votre générosité et de votre sens de l'humour.

— Je n'aurais donc que des qualités ?

— Oh ! non... Vous êtes têtue comme une mule, et réfractaire à toute forme de dépendance, quitte à vous mettre en danger.

— C'est le garde du corps qui parle, là ?

C'était plutôt l'homme inquiet pour la sécurité d'une femme à laquelle il tenait beaucoup, mais Rafe décida d'utiliser la remarque d'Allie pour donner à la conversation une tournure moins personnelle.

— C'est le garde du corps qui parle depuis le début, déclara-t-il donc. Vous êtes ma cliente, et tout ce que j'ai dit sur vous vient d'une observation attentive de votre comportement qui fait partie de mon travail. Pour bien vous protéger, je dois vous connaître au point de pouvoir prévoir vos réactions.

— Vous mentez mal ! répliqua Allie. Ce qui se passe entre nous n'a rien à voir avec la tâche dont mon père vous a chargé.

— Il ne se passe rien de spécial entre nous.

La réaction de la jeune femme fut aussi surprenante qu'immédiate : elle tourna la tête et couvrit la paume de Rafe de petits baisers. Il frissonna, et elle remarqua alors d'un air satisfait :

— Oserez-vous encore prétendre qu'il ne se passe rien de spécial entre nous ?

— Arrêtez, Allie, dit-il en retirant sa main, ou nous risquons de faire quelque chose que vous regretterez ensuite.

— Mais dont vous avez envie ?

— Euh... oui.

— Dans ce cas, ne vous tracassez pas pour moi.

Je ne pense pas avoir de regrets ensuite, et même si j'en ai, je suis une grande fille : j'assumerai.

D'un geste décidé, Allie enroula alors ses bras autour du cou de Rafe et posa sa bouche sur la sienne. Il se força d'abord à résister : le dos raide, les dents serrées, il songea aux raisons qu'il avait de repousser la jeune femme — son code de déontologie, les douloureuses leçons de l'expérience... Mais la langue d'Allie se mit soudain à se promener sur ses lèvres, et il oublia d'un coup ses craintes et ses scrupules. La force du désir qui le possédait rompit toutes les digues du bon sens et du devoir : il serra passionnément la jeune femme contre lui et prit avidement tout ce qu'elle lui offrait — sa bouche, la peau douce de son visage, de sa gorge et, bientôt, des petits seins ronds qu'il avait libérés de leur prison de dentelle.

Quand il l'allongea sur le lit, quelques instants plus tard, elle ne portait plus qu'un minuscule slip de soie noire, et Rafe s'était vu dépouiller de sa chemise pendant la danse sensuelle qui les avait emmenés dans la chambre.

Impatiente de sentir le corps nu de Rafe contre le sien, Allie fronça les sourcils en constatant qu'il restait debout près du lit et se contentait de la regarder avec admiration. Elle ne voulait pas de son admiration ; elle voulait qu'il oublie le top model et voie simplement en elle une femme brûlant de s'unir à lui.

Puis, comme il ne se décidait pas à venir la rejoindre, elle se demanda si cette hésitation n'était pas due à un retour de ses états d'âme, et elle annonça :

— Si tu me dis maintenant que je risque de le regretter, ou que tu commettrais là une faute professionnelle, je vais être obligée de te forcer la main.

— Ah oui ? déclara-t-il, une lueur de malice brillant soudain dans ses yeux. Et comment comptes-tu t'y prendre ?

— Comme ceci !

Sur ces mots, la jeune femme se redressa et entreprit d'enlever son jean à Rafe. Elle posa ensuite les lèvres sur son ventre et, entre deux baisers, susurra :

— Alors, toujours réticent ?

En guise de réponse, il l'enlaça étroitement, tomba avec elle sur le lit, et Allie ne tarda pas à être transportée dans un monde de sensations pures, où n'existaient plus que les sillons de feu tracés sur son corps par la bouche et les mains de Rafe, que leurs souffles mêlés et l'intensité grandissante de leur passion.

Quand Rafe, soudain, s'écarta d'elle, la jeune femme connut un moment de terrible angoisse, mais c'était seulement pour mettre un préservatif, et la suite lui fit vite oublier ces brefs instants de frayeur : Rafe la reprit aussitôt dans ses bras et la pénétra d'une poussée puissante qui leur arracha à tous les deux un cri de plaisir. Allie perdit ensuite la notion du temps et du lieu, tout son univers s'étant brusquement réduit à leur commune montée vers l'extase qui culmina dans un orgasme éblouissant. Rafe parvint à la jouissance juste après, puis il s'abandonna contre la poitrine de la jeune femme, le souffle court et le corps agité de légers tremblements.

Allie sortit peu à peu de la douce torpeur qui avait suivi l'assouvissement de son désir. Rafe se tenait tellement immobile qu'elle le crut endormi, mais une simple caresse sur ses cheveux suffit à lui faire lever la tête. Il sourit à la jeune femme et roula sur le côté avant de l'attirer de nouveau dans ses bras. Heureuse, elle ferma les yeux pour mieux savourer le sentiment de sécurité et de bien-être que lui donnait le contact de ce corps musclé contre le sien.

Peut-être le sommeil la surprit-il alors, car quand ses paupières se rouvrirent, la chambre était plongée dans la pénombre. Rafe n'avait pas bougé, mais lorsque, voulant contempler son visage, elle se redressa, il lui parut sombre et préoccupé.

Blessée de le voir d'humeur morose si peu de temps après avoir partagé avec elle des moments aussi merveilleux, elle s'écria :

— Je t'interdis de me dire que nous n'aurions pas dû !

— Non, je ne regrette rien, déclara-t-il, mais cela complique les choses.

— Pourquoi ? Le fait que je me sois jetée à ton cou ce soir ne signifie pas que nous allons désormais rester collés l'un à l'autre toute la journée ! Nous pouvons garder une certaine indépendance vis-à-vis de l'autre... ou au moins essayer.

— Oui, sans doute.

— Alors où est le problème ?

Rafe hésita. Il n'avait pas envie d'alarmer Allie en l'informant de ses soupçons, mais la prudence l'exigeait, et il ne se sentait de toute façon pas le courage de lui mentir, ne serait-ce que par omission. Pas après ce qui venait de se passer entre eux.

— Le problème, finit-il par répondre, c'est le coup de téléphone de la nuit dernière. Il m'a inquiété.

— Et moi donc !

— Oui, je sais, ma chérie...

Ce terme d'affection avait franchi les lèvres de Rafe avant qu'il n'ait pu le retenir. Maudissant intérieurement sa propre inconséquence, il quitta le lit et commença de se rhabiller. Ce qu'il avait dit à sa compagne une minute plus tôt était vrai : le changement de nature de leurs relations compliquait les choses car, en cédant à sa passion, il s'était ouvert les portes d'un paradis auquel il rêvait d'accéder de nouveau, et ce désir risquait de l'obséder au point de le distraire de sa tâche. Or son instinct l'avertissait qu'il aurait besoin de toute sa lucidité au cours des jours suivants.

— Décris-moi de nouveau la voix de ton correspondant, ordonna-t-il.

Allie se glissa entre les draps comme si elle avait froid, soudain, et une expression de peur passa dans son regard. Rafe éprouva une pointe de remords, mais il fallait absolument faire avancer l'enquête, aussi répéta-t-il :

— Décris-moi la voix de ton correspondant.

— Basse et rauque, répondit la jeune femme à contrecœur. Il a un débit assez lent, et... et il m'appelle toujours Allison.

— La police pense qu'il utilise un synthétiseur pour déguiser sa voix.

— Il craint que je ne l'identifie, alors ? Ce serait quelqu'un que je connais ?

— Probablement.

— Mais qui ?

— Une personne qui veut exercer son emprise sur toi en t'effrayant, faute de mieux. Quelqu'un comme Jerry Philips ou Avendez.

Rafe s'attendait à des protestations, mais pas à une réaction aussi violente : le visage d'Allie s'empourpra, et ses yeux lancèrent des éclairs.

— Non, pas Dom ! s'exclama-t-elle d'un ton véhément. C'est impossible !

— Pourquoi ? Il est amoureux de toi, et depuis longtemps, à mon avis.

— Tu ne m'apprends rien. Nous en avons parlé ensemble de nombreuses fois, mais je ne partage pas ses sentiments, et nous avons décidé de ne pas laisser cela détruire notre amitié. Il est difficile de se faire des amis dans le milieu où je travaille, et Dom est, en plus, quelqu'un que j'admire et en qui j'ai confiance.

— Tu es trop naïve. Aucun homme ne se contente de l'amitié d'une femme qu'il désire.

— Dom ne me désire pas.

— Tu as pourtant admis qu'il était amoureux de toi...

— Oui, mais tout le monde n'assimile pas l'amour au désir.

Voulant observer les réactions de la jeune femme sur son visage à ce moment crucial de la discussion, Rafe alluma la lampe de chevet et déclara en choisissant soigneusement ses mots :

— Tu es très belle, Allie, belle au point de pouvoir facilement inspirer à un homme un sentiment puissant et obsédant qu'il prend pour de l'attachement, mais qui est avant tout du désir.

— Est-ce ton cas ?

— Peut-être. Je ne sais pas.

— Je vois...

Rafe brûlait de prendre la jeune femme dans ses bras, pour calmer la douleur que lui avait causée sa volonté d'être parfaitement honnête envers elle, mais c'était trop dangereux. Il risquait alors de se laisser emporter par sa passion et d'oublier qu'il avait pour mission première de la protéger.

— Je ne dis pas que c'est Avendez l'auteur de ces coups de téléphone anonymes, souligna-t-il. Il est juste l'un des coupables possibles.

L'idée que Rafe pouvait considérer ce qui venait de se passer entre eux comme la simple union de deux corps blessait profondément Allie. Elle s'enferma dans le silence et l'écouta, le cœur lourd, lui parler de sa démarche auprès de la police new-yorkaise, puis souligner que n'importe lequel des membres de l'équipe technique ayant accès à la caravane devait être considéré comme un suspect.

Cette précision fit sortir la jeune femme de son mutisme.

— Je connais tous ces gens, protesta-t-elle, et je suis sûre qu'aucun d'eux ne me veut du mal.

— Sois quand même vigilante, et ne te sépare jamais de ton bipeur, d'accord ?

— D'accord.

— Habille-toi, à présent. Nous allons dîner.

Incapable de prononcer un mot tant elle avait la gorge serrée, Allie acquiesça de la tête. Une demi-heure plus tôt, elle était dans un état proche de la béatitude, et maintenant elle n'avait qu'une hâte : que Rafe quitte sa chambre avant qu'elle ne fasse quelque chose de très bête, comme de pleurer.

La chemise de Rafe était restée dans la pièce voisine et, quand il pivota sur ses talons pour se diriger vers le séjour, son dos apparut pour la première fois à la jeune femme en pleine lumière. Elle ne put réprimer une exclamation de stupeur en voyant que les cicatrices de son menton et de son cou descendaient le long de son épaule et ravageaient toute une partie de son flanc gauche.

Rafe se retourna en entendant le cri d'Allie, et il en devina tout de suite la raison, car il lança d'une voix sèche :

— Désolé de t'avoir infligé ce spectacle. J'aurais dû y penser et marcher à reculons.

Furieuse contre elle-même, la jeune femme bondit du lit et tendit la main vers Rafe.

— Excuse-moi, dit-elle. C'est l'idée des souffrances que tu as endurées qui m'a...

— Inutile de mentir, coupa-t-il avant de lui saisir le poignet pour l'empêcher de le toucher. Je sais fort bien ce que tu ressens.

# 9.

Après un dîner tendu en compagnie de Michael et de Rafe, dîner suivi d'une nuit pratiquement blanche, Allie se réveilla le lendemain avec sous les yeux des cernes qui ne firent rien pour lui remonter le moral. Elle se sentait lasse, déprimée, et le jogging qui la mettait d'habitude en forme pour la journée n'eut ce matin-là aucun effet bénéfique : trop de sombres pensées tourbillonnaient dans son esprit.

Il y avait d'abord l'idée que ce pouvait être l'un des membres de l'équipe technique l'auteur des coups de téléphone obscènes. Cette hypothèse que Rafe donnait comme la plus vraisemblable la terrifiait et la révoltait à la fois.

Et puis il y avait Rafe lui-même, dont elle ne parvenait ni à comprendre ni à excuser le comportement de la veille. Quand elle comparait l'homme qui lui avait fait passionnément l'amour à celui qui s'était ensuite froidement retranché dans son rôle de garde du corps, elle ne savait, de la colère ou du chagrin, quel sentiment l'emportait sur l'autre.

Le souvenir du cri qu'elle avait poussé devant le dos labouré de Rafe lui était aussi douloureux. Elle s'en voulait de sa réaction. Le commentaire plein d'amertume de Rafe montrait que ces cicatrices représentaient pour lui bien autre chose que de simples marques physiques.

Allie était toujours en proie à ce tumulte d'émotions contradictoires lorsque le moment fut venu de partir pour la montagne où devait se dérouler la séance de photos du jour.

Le site choisi — un bois de pins et de trembles — était superbe, et pourtant la jeune femme ne réussit pas à se concentrer sur son travail.

Les soupçons que Rafe nourrissait à propos de Dom la troublaient profondément, et la nervosité rendait ses muscles raides, ses mouvements maladroits.

— Mais qu'est-ce que tu as, ce matin ? finit par lui crier le photographe.

— Rien, marmonna-t-elle.

— Détends-toi, bon sang, et prends l'air un peu moins sinistre ! Allez, souris ! Bon, c'est mieux... Lève la tête, maintenant ! Plus que ça ! Stop, ne bouge plus !

La main posée sur le tronc d'un arbre, les yeux fixés sur le feuillage frissonnant des trembles, Allie songea que l'air vif de la montagne aurait dû lui éclaircir les idées, et l'odeur résineuse des pins chasser le souvenir de celle de Rafe, mais il n'en était rien. La surface rugueuse de l'écorce, sous ses doigts, lui rappela même la trace des blessures faites par l'explosion de la bombe, et elle frémit en pensant une fois de plus aux terribles souffrances qu'il avait dû endurer.

— Tu as vraiment décidé de me rendre fou ! s'exclama Dom avant de se précipiter vers elle, les traits déformés par la colère. Je t'avais dit de ne pas bouger !

— Je suis juste fatiguée, répliqua-t-elle sèchement, et ce n'est pas en me rudoyant que tu m'aideras à tenir le coup.

Cette brusquerie inhabituelle parut mettre le comble à la fureur du photographe.

— Reprends immédiatement la pose ! hurla-t-il. Non, pas comme ça ! Plus haut, la tête ! Attends, je vais te montrer, moi...

D'un geste brutal, il saisit Allie par les cheveux et tira en arrière. Elle tenta de se libérer, mais il tira plus fort, et un doute affreux s'insinua dans l'esprit de la jeune femme : la réaction de Dom était-elle seulement le fait de son mauvais caractère légendaire, ou bien un aperçu de la face cachée de son caractère — une violence frisant le sadisme ?

— Lâchez-la immédiatement, Avendez ! cria soudain Rafe.

Libérant son modèle, le photographe se retourna d'un bloc et lança d'une voix rageuse :

— Mêlez-vous de vos affaires, Stone !

— C'est exactement ce que je fais : en tant que garde du corps de Mlle Fortune, je dois veiller à ce que personne — et je dis bien : personne — ne porte la main sur elle.

Ce rappel du rôle dans lequel Rafe avait visiblement décidé de se cantonner à l'avenir ranima la rancune d'Allie contre lui.

— Arrêtez de vous disputer, tous les deux ! ordonna-t-elle d'un ton sec. Nous avons devant nous une longue journée de travail. Alors, autant essayer de ne pas gaspiller notre énergie en querelles inutiles !

Les deux hommes se défièrent encore un moment du regard, mais ils finirent par céder.

L'humeur de Dom s'assombrit cependant ensuite d'heure en heure, et, des éclairagistes au directeur artistique, tout le monde avait les nerfs à vif lorsque la lumière déclinante obligea le photographe à ranger son matériel.

Allie, qui aurait pu compter sur les doigts d'une main le nombre de fois où elle avait eu envie d'interrompre une séance de photos avant la fin, ajouta celle-ci à la liste. Peut-être aurait-elle même craqué si la tombée de la nuit, plus précoce dans un bois qu'en terrain découvert, ne l'avait sauvée à temps de la tyrannie de Dom.

Néanmoins, quand elle remonta en voiture pour regagner le Rancho Tremayo, son soulagement n'était pas complet. Car elle songeait avec appréhension à la nouvelle épreuve qui l'attendait, et elle se demandait si ses forces ne l'abandonneraient pas au milieu. A peine rentrée à l'hôtel, en effet, il lui faudrait se mettre en tenue de gala pour aller faire des photos à l'opéra de Santa Fe, dans le cadre d'une représentation de bienfaisance.

Où trouverait-elle le courage de paraître gaie et détendue, avec la fatigue et les soucis de toutes sortes qui lui pesaient si lourdement sur les épaules ?

Rafe tripota nerveusement son nœud papillon de satin noir avant de frapper à la porte du bungalow d'Allie. Il se sentait mal à l'aise dans son smoking de location et, même s'il avait aimé l'opéra, il n'aurait pas été d'humeur à en écouter ce soir.

A son retour à l'hôtel, une heure plus tôt, il avait, en effet, appris une mauvaise nouvelle : l'inspecteur de la police new-yorkaise chargé de l'enquête avait attrapé la grippe, et aucun de ses collègues n'était au courant des recherches dont Rafe l'avait chargé.

Il venait, en plus, de passer l'une des pires journées de toute sa vie. Pendant de longues heures, il avait dû se forcer à considérer Allie comme une simple cliente, alors qu'il brûlait de l'entraîner à l'écart, de l'allonger sur le tapis de mousse du sous-bois et de lui faire passionnément l'amour.

Vers le milieu de l'après-midi, il avait toujours envie de l'entraîner à l'écart et de l'allonger sur le tapis de mousse du sous-bois, mais pour qu'elle se repose, cette fois. Elle était de toute évidence épuisée, mais son orgueil, ou sa conscience professionnelle, ou les deux, l'empêchaient de dire à son photographe que trop, c'était trop.

Après une première intervention qu'Allie elle-même avait eu l'air de lui reprocher, Rafe s'était contenté d'un rôle passif de surveillance, mais il avait eu beaucoup de mal à supporter en silence l'odieux traitement qu'Avendez infligeait à son modèle. Et maintenant, il allait devoir vivre la même épreuve pendant toute une soirée...

Rafe, qui s'attendait à trouver Allie marquée par la fatigue de sa dure journée, fut surpris de voir apparaître sur le seuil du bungalow une femme au teint frais et aux yeux brillants, d'une beauté à couper le souffle.

Connaissant à présent les arcanes du métier de mannequin, il savait qu'une partie de cette sublime apparence était due au talent du coiffeur qui avait relevé les cheveux de la jeune femme en un élégant chignon, à l'art avec lequel les maquilleuses avaient mis en valeur son regard et ses lèvres pulpeuses, et au génie du couturier qui avait créé le fourreau de velours noir moulant sa mince silhouette.

Mais Rafe savait aussi que tout cela ne suffisait pas à expliquer l'extraordinaire pouvoir de séduction d'Allie. Ce pouvoir lui venait moins d'éléments extérieurs que de sa distinction naturelle, d'une noblesse de caractère dont rien ne semblait être en mesure d'empêcher le rayonnement.

Comme pour donner raison à Rafe, la jeune femme lui sourit malgré le refroidissement de leurs relations depuis la veille.

— J'aime bien ton nœud papillon, observa-t-elle d'un ton léger.

— Tu es sûre de ne pas préférer ma cravate à losanges ? demanda-t-il sur le même ton. Elle est dans ma poche, alors tu n'as qu'un mot à dire, et j'effectue le changement.

— Non, surtout pas... Mais pourquoi l'as-tu emportée ?

— Je ne m'en sépare jamais.

— Tu la considères comme un porte-bonheur ?

— Plus ou moins.

— C'est bizarre, je ne t'aurais pas cru superstitieux... Nous avons donc encore beaucoup de choses à apprendre l'un sur l'autre.

— Allie...

— Il faut que nous parlions, Rafe. A propos de ce qui s'est passé hier.

— Oui, tu as raison.

— Ce soir après l'opéra ?

— D'accord, si tu n'es pas trop fatiguée.

Et s'ils en avaient le temps avant qu'il ne se jette sur elle, songea Rafe, ce dont il doutait car, en ce moment même, il devait faire appel à toute la force de sa volonté pour ne pas lui arracher la cape dont elle venait de se couvrir les épaules, puis son fourreau de velours noir, puis...

La voix d'Allie le ramena à la réalité :

— Espérons que ton porte-bonheur marchera ce soir. Avec un peu de chance, Dom aura pris toutes les photos qu'il voulait avant le lever du rideau, et nous pourrons profiter pleinement de la représentation.

Rafe détestait l'opéra, mais si Allie, elle, y trouvait une source de détente, il était prêt à l'y accompagner tous les soirs.

Quand ils arrivèrent au théâtre en plein air de Santa Fe, situé dans les faubourgs de la ville, Avendez décida de faire tout de suite une première série de photos, avec pour arrière-plan la fosse d'orchestre et la voûte majestueuse du toit qui protégeait la scène. Il voulait tirer parti des contrastes de formes et de volumes, ainsi que des jeux d'ombre et de lumière créés la nuit par les projecteurs, eut-il la surprenante bonne grâce d'expliquer à ses assistants.

Bien que le décor fût déjà en place et qu'Allie eût seulement à enlever sa cape pour commencer à poser, Rafe savait que la séance de travail ne débuterait pas avant un bon moment : il fallait d'abord que l'équipe technique installe son matériel, puis que le photographe se déclare satisfait de l'éclairage, sélectionne le bon objectif, le bon filtre...

Tout cela prit, en effet, une bonne demi-heure, et attira autour de la scène une grande partie des gens invités au cocktail donné avant le spectacle par les organisateurs de la soirée.

Rafe regardait d'un œil inquiet cette foule toujours plus nombreuse de curieux ajouter encore à l'agitation et à la confusion ambiantes. Ils étaient beaucoup trop près d'Allie à son goût, et certains poussaient même l'audace jusqu'à se promener au milieu de l'espace normalement réservé aux techniciens.

Lorsque Avendez eut installé son modèle sur la scène et pris son Polaroïd pour faire les essais habituels, Rafe se faufila à travers l'assistance et alla rejoindre le policier en uniforme que le commissariat de Santa Fe avait posté sur les lieux à sa requête.

L'homme sentit l'appréhension de Rafe, car il lui demanda aussitôt :

— Il y a un problème, monsieur Stone ?

— Non, j'ai juste le vague pressentiment d'un danger.

— Je vous promets d'ouvrir l'œil.

— J'aimerais pouvoir vous préciser la nature de ce danger, mais je n'en ai malheureusement pas la moindre idée.

— A deux, nous devrions être capables de contrôler la situation.

Rafe ne partageait pas l'optimisme du policier, mais il opina malgré tout de la tête avant de le quitter pour se mêler de nouveau aux spectateurs. Ils étaient tous en tenue de soirée, et la plupart tenaient une coupe de champagne à la main. Rafe scrutait de la tête aux pieds chaque personne qu'il croisait, à la recherche d'un détail vestimentaire ou d'une expression de visage qui ne cadrerait pas avec le reste.

Il n'arrivait pas à mettre le doigt sur la cause de sa nervosité. Peut-être était-il seulement contaminé par l'ambiance électrique qui régnait dans le théâtre, et peut-être les gens étaient-ils juste excités par l'alcool, l'importance de l'événement et l'occasion qui leur était offerte de voir travailler un photographe et un mannequin célèbres.

Mais Rafe avait beau tenter de se raisonner, son instinct lui disait qu'une menace planait ce soir sur Allie.

Avendez cria soudain à tout le monde de garder un silence et une immobilité complets : il était prêt à commencer la séance de photos. Des murmures n'en continuèrent pas moins à s'élever de la foule, et des gens à se déplacer — dont une grosse dame en robe longue qui se prit les pieds dans les câbles du groupe électrogène et faillit tomber.

Cet incident attira l'attention de Rafe et, quand la grosse dame se fut éloignée, il suivit distraitement des yeux sur toute leur longueur le système de fils qui fournissait de l'électricité aux projecteurs montés sur un échafaudage mobile. L'un de ces projecteurs bougea alors et resta ensuite incliné selon un angle bizarre.

Pressentant aussitôt un danger, Rafe se rua vers Allie sans prêter attention aux protestations des gens qu'il bousculait au passage.

Exactement au même moment, Avendez décolla l'œil de son viseur et cria :

— Qui a touché aux projos ? Je n'y vois plus r... Oh ! mon Dieu...

Le bruit sec d'un câble qui se rompait venait de couvrir le brouhaha des conversations, et une lumière aveuglante amorça dans le ciel un arc qui conduisait droit vers la scène.

Rafe n'eut pas besoin de regarder en l'air pour comprendre que cette lumière était celle d'un projecteur tombé de l'échafaudage, et qui se balançait maintenant au bout de son câble, emporté par un élan irrésistible.

— Ne reste pas là, Allie ! hurla Avendez en jetant son appareil photo par terre et en se précipitant vers son modèle. Ecarte-toi !

Eblouie, la jeune femme mit sa main en visière et entreprit de contourner la forêt de fils électriques et de réflecteurs qui l'entourait.

Le projecteur fondait sur elle comme un aigle sur sa proie.

Rafe franchit d'un bond le bord de la scène, saisit Allie par la taille et la plaqua sur le sol. Le projecteur passa au-dessus de leurs têtes une demi-seconde plus tard, mais heurta juste après l'épaule de Rafe, qui s'était couché sur sa cliente pour la protéger de son corps. Un morceau de métal déchira le tissu de sa veste et lui entailla la chair, mais il sentit à peine la douleur : son seul souci était d'éloigner Allie avant que le projecteur n'arrive au bout de sa course et n'entame son mouvement de pendule dans l'autre sens.

Pendant qu'il aidait la jeune femme à se relever, il entendit Avendez crier quelque chose, mais il l'ignora et, prenant Allie par la main, il sauta avec elle en bas de la scène.

— Ça va ? lui demanda-t-il en l'attirant contre lui pour l'empêcher de perdre l'équilibre.

Elle le fixa en silence. Ses yeux écarquillés par la peur étaient d'immenses lacs sombres au milieu de son visage livide.

— Ça va ? répéta Rafe. Tu n'es pas blessée ?

— N... non, bredouilla-t-elle.

— Allie !

La voix rauque d'Avendez fit sursauter Rafe. Il tourna la tête juste à temps pour voir le photographe attraper le projecteur au vol et l'immobiliser, puis sauter à son tour en bas de la scène.

Rafe lâcha à regret la jeune femme, que Dom saisit immédiatement par le cou et serra étroitement contre sa poitrine.

Seule la terreur qui se lisait sur ses traits dissuada Rafe de l'arracher brutalement aux bras d'Allie.

— Ne me fais plus jamais une peur pareille, sinon je ne réponds plus de moi ! s'écria le photographe, la joue posée sur celle de son modèle.

— Désolée, mais ce n'était pas intentionnel, dit-elle avec un rire étouffé.

— Ça, je n'en sais rien... Certains mannequins sont prêts à tout pour se rendre intéressants... Mais, trêve de plaisanterie, tu es sûre que ça va ?

— Oui, répondit-elle en écartant doucement une mèche tombée sur le visage du photographe.

Ce petit dialogue donna à Rafe matière à réflexion. Avendez avait craint pour la vie d'Allie, c'était évident, et la façon dont il cherchait à la détendre par des plaisanteries témoignait d'un amour sincère et désintéressé : il y avait de l'abnégation dans cet oubli de ses propres émotions au profit de son bien-être à elle.

Rafe en déduisit qu'il devait rayer le photographe de la liste des suspects : Avendez était visiblement incapable de faire le moindre mal à la jeune femme.

Un bruit léger retentit soudain derrière Rafe. Il pivota sur ses talons et vit Xola, les mains crispées sur la cape d'Allie, comme tétanisée par le spectacle du photographe et de son modèle enlacés.

L'arrivée du reste de l'équipe la tira de sa transe, et elle adressa un sourire contraint à Rafe. Un élan de compassion le souleva, mais le policier envoyé en renfort détourna alors son attention de Xola en lui touchant le bras.

— J'ai là quelque chose qui devrait vous intéresser, monsieur Stone, déclara-t-il.

Le mouchoir qu'il déplia ensuite contenait un

morceau de câble noir. L'une des extrémités portait des marques de cisaillement : la gaine de caoutchouc était éraflée et les fils tordus.

— Ce câble a été coupé avec un instrument tranchant, vous ne croyez pas ? reprit le policier.

— Si, répondit Rafe, le visage sombre. Pouvez-vous appeler la police et demander qu'on nous envoie quelqu'un pour relever les empreintes ?

— J'ai déjà appelé. La personne sera là dans quelques minutes.

Le spécialiste arriva, en effet, peu de temps après. Il inspecta soigneusement les lieux, fit de nombreuses photos et rangea le bout de câble dans un sachet en plastique pour analyse ultérieure. Les chances d'y trouver une empreinte complète étaient minces, annonça-t-il à Rafe, mais le laboratoire de police scientifique d'Albuquerque parviendrait peut-être quand même à relever assez de traces partielles pour lancer une recherche informatique sur le fichier central des empreintes digitales.

Pendant ce temps, le policier en uniforme recueillit les dépositions des témoins, mais il s'avéra que personne n'avait rien vu de suspect.

Faute de pouvoir identifier le coupable et l'envoyer sur-le-champ en prison, Rafe décida alors de mettre Allie à l'abri en attendant d'en savoir plus.

⁂

Encore sous le choc de la nouvelle que le câble du projecteur ne s'était pas rompu accidentellement, Allie ne protesta pas lorsque Rafe la poussa dans la voiture. Le temps d'arriver à l'hôtel, cependant, elle s'était suffisamment ressaisie pour s'étonner de s'entendre dire de se changer et de faire sa valise.

— Mais... pourquoi ? demanda-t-elle.

— Nous partons.

— Ce soir ?

— Oui, et nous ne reviendrons pas avant que certains mystères ne soient éclaircis.

— Mais je ne peux pas m'en aller ! La campagne publicitaire... Le programme de travail...

— Je m'en moque !

Rafe s'approcha d'Allie, lui souleva le menton et ajouta d'une voix cassante :

— Tu as promis d'obéir à mes ordres, immédiatement et sans discuter, si ta sécurité me semblait en quoi que ce soit menacée, tu te rappelles ? Je te donne cinq minutes pour mettre des vêtements chauds et rassembler quelques affaires. Passé ce délai, je viens te chercher dans ton bungalow et je t'emmène, de gré ou de force.

# 10.

Allie se cala contre la portière de la voiture et observa à la dérobée l'homme assis au volant. A la faible clarté dispensée par les cadrans du tableau de bord, son profil se découpait comme celui d'une médaille sur le fond noir de la nuit. Une mèche de cheveux lui barrait le front, et ses sourcils froncés, son regard dur et ses lèvres serrées lui donnaient un air farouche. Il avait enlevé son nœud papillon et troqué sa veste de smoking contre le gilet doublé de peau de mouton qu'il portait toujours aux heures les plus fraîches de la journée, mais il n'avait pris le temps de changer ni de chemise ni de pantalon.

Pendant les cinq minutes dont elle avait disposé pour se préparer, Allie avait enfilé un jean et un pull-over gris à col roulé, puis fourré à la hâte dans sa valise du linge, quelques vêtements et ses affaires de toilette.

Juste avant d'aller rejoindre Rafe dehors, elle s'était souvenue de la boîte à musique qui, faute de temps pour rouvrir la valise, était maintenant posée sur ses genoux. Elle aurait pu la mettre sur la banquette arrière, mais le contact du bois patiné contre sa peau la rassurait, comme si le petit manège de Kate avait le pouvoir de lui communiquer un peu de la force de sa propriétaire.

Mais non, la boîte à musique n'appartenait plus à Kate, rectifia tristement la jeune femme. Sa grand-mère était morte, et elle, Allie, le serait peut-être aussi en ce moment si Rafe n'avait pas volé à son secours.

Cette pensée lui donna la chair de poule, et un frisson incontrôlable lui secoua les épaules.

— Tu as froid? questionna Rafe. Tu veux que j'allume le chauffage?

— Non, ce n'est pas la peine.

Elle avait besoin de chaleur, en réalité, mais d'un type bien particulier : celui que seul Rafe pouvait lui apporter, en la serrant dans ses bras et en lui faisant oublier le cauchemar qu'était en train de devenir sa vie. Elle rêvait de retrouver le sentiment de plénitude et de bonheur parfaits qu'elle avait connu la veille avec lui.

Tout en continuant de s'interroger sur la réserve dans laquelle il s'était ensuite enfermé, Allie avait décidé de le laisser désormais prendre l'initiative. Si Rafe désirait se rapprocher d'elle, il devrait cette fois faire le premier pas. Elle espérait seulement qu'il le souhaitait, et qu'il ne lui faudrait pas trop de temps pour agir en conséquence.

— Où allons-nous ? demanda-t-elle à Rafe pour entendre le son de sa voix, faute de mieux.

— A Devil's Peak.

— Voilà qui ne m'éclaire pas beaucoup !

— Devil's Peak est une petite station de ski située à environ une heure de route de Santa Fe. Elle est très fréquentée l'hiver, mais pratiquement déserte à cette époque de l'année, et j'y ai loué un chalet pendant que tu te préparais.

— Comment connaissais-tu l'existence de cette station ?

— Je me suis renseigné juste après notre arrivée au Nouveau-Mexique. Savoir à l'avance où trouver refuge en cas de besoin fait partie de mon travail.

— Tu te doutais que je serais la cible d'un acte criminel ?

— J'ai toujours pensé que ce risque existait, oui.

Allie se tut pour mieux réfléchir. Et si la terrible menace que Rafe sentait depuis le début peser sur elle était la raison de son comportement de la veille ? Si, après lui avoir cédé, il n'avait repris ses distances que par crainte de perdre, autrement, la concentration d'esprit nécessaire à sa tâche ?

Oui, c'était sûrement la bonne explication, songea la jeune femme.

Une immense joie lui gonfla le cœur, relayée très vite par la peur : Rafe avait visiblement beaucoup d'expérience dans son domaine, et elle devait donc se fier à son jugement. Cela signifiait que la situation était grave, que l'auteur de l'attentat de ce soir n'avait pas l'intention d'en rester là. Et que c'était, selon toute vraisemblance, quelqu'un qu'elle connaissait... Cette pensée l'épouvanta. Il était déjà dur de savoir qu'un membre de son entourage avait le cerveau assez dérangé pour lui tenir des propos obscènes au téléphone, mais cela n'était rien comparé à l'idée qu'il voulait à présent la blesser ou la tuer.

— Il y a quelque chose que je ne comprends pas, déclara-t-elle. Pourquoi un homme qui prétend m'aimer chercherait-il à me faire du mal ?

— Ce n'est peut-être pas toi personnellement qu'il vise, en réalité, mais à travers toi, toutes les femmes qui lui ont fait du mal à lui. Ou bien il t'utilise pour atteindre quelqu'un d'autre. Tes parents, par exemple.

— Mes parents ?

— Ou le clan Fortune tout entier en tant que propriétaire des laboratoires Fortune Cosmetics.

— Alors cet homme me harcèlerait parce que je suis l'ambassadrice de la marque familiale ?

— Je l'ignore. Ce n'est qu'une supposition. Quand les appels ont-ils commencé ? Avant que tu aies accepté de poser pour cette campagne publicitaire, ou après ?

Allie réfléchit et finit par retrouver la date à laquelle le téléphone l'avait réveillée pour la première fois au milieu de la nuit.

— Après, répondit-elle. J'étais à New York, et je venais de discuter avec Dom de la possibilité de réaliser ces photos avec lui.

Les mains de Rafe se crispèrent sur le volant. Avendez, toujours Avendez... Pourtant, il avait tenté de porter secours à la jeune femme, et la peur qu'il avait eue de la perdre était bien réelle...

Non, ce n'était pas lui le coupable.

Les circonstances de l'attentat ne permettaient malheureusement pas de rayer d'autres noms de la liste des suspects, au contraire. L'équipe technique au complet se trouvait là ce soir, y compris le Bègue et Xola, à qui sa passion pour Avendez donnait un mobile pour vouloir se débarrasser d'Allie. Déformée par un synthétiseur, sa voix pouvait très bien passer pour celle d'un homme.

Et à toutes ces personnes s'ajoutaient maintenant les gens venus assister au spectacle de bienfaisance...

Il fallait espérer que le laboratoire de police scientifique d'Albuquerque relèverait des empreintes exploitables sur le câble sectionné, sinon le criminel risquait de frapper une nouvelle fois avant d'avoir été identifié.

Plongé dans ses pensées, Rafe mit un moment à s'apercevoir que sa passagère dormait. Elle s'était calée contre la portière, et sa tête, que rien ne soutenait, oscillait à chaque virage ou cahot de la route.

Rafe se pencha, lui enlaça la taille et l'attira vers

lui. Elle poussa un petit soupir, marmonna quelque chose, puis enfouit son visage dans le creux de l'épaule de Rafe et ne bougea plus.

L'odeur de ses cheveux, la tiédeur de son corps et le bruit léger de sa respiration remplirent Rafe d'une douce émotion. Cela le surprit, car il croyait n'éprouver pour Allie qu'une passion dévorante, où la tendresse n'avait pas sa place. Et voilà que soudain, elle ne lui apparaissait plus ni comme une cliente, ni comme un simple objet de désir. Il voyait en elle une femme menacée qu'il devait protéger non par obligation professionnelle, mais parce qu'elle était un être unique, irremplaçable et infiniment précieux.

Etait-ce pour cela qu'il avait eu si peur lorsque le projecteur avait fondu sur elle, pour cela qu'il avait pris, en lui faisant quitter l'hôtel sur-le-champ, une décision qui ne s'imposait pas vraiment ? Le téléphone portable et la rupture du câble n'avaient peut-être aucun rapport avec les appels obscènes qu'elle recevait, après tout...

Faute de pouvoir définir avec précision la nature de ses sentiments pour Allie, Rafe résolut d'en reporter l'analyse à plus tard, quand tout danger serait écarté. Et même si leur installation à Devil's Peak était une précaution superflue, elle permettrait au moins à la jeune femme de se reposer.

*
**

Un bruit d'eau qui coulait réveilla Allie. Elle se redressa sur un coude et, l'esprit embrumé, mit plusieurs secondes à se rendre compte que le lit et la chambre n'étaient pas ceux de son bungalow du Rancho Tremayo.

Seul un rai de lumière, sur le mur en face d'elle, perçait l'obscurité de la pièce. Une ombre dansait au milieu de cette bande de clarté, et il fallut encore un peu de temps à la jeune femme pour comprendre que quelqu'un était en train de s'agiter derrière la porte entrouverte d'une salle de bains attenante. Un juron étouffé, quelques instants plus tard, lui apprit que ce quelqu'un était Rafe.

Intriguée, Allie repoussa la grosse couette qui la recouvrait... et le regretta aussitôt : il faisait très froid dans la chambre, et elle ne portait que ses sous-vêtements. Elle ne se rappelait pourtant pas s'être déshabillée...

Un nouveau juron venant de la salle de bains chassa ses interrogations. Son pull-over gris était posé sur une chaise, près du lit. Elle le prit, l'enfila et se dirigea vers la source de lumière.

Ce que Rafe était en train de faire lui échappa d'abord totalement. Torse nu, un petit flacon dans la main gauche et le bras droit enroulé autour du cou pour essayer d'atteindre le haut de l'omoplate opposée, il ressemblait à un contorsionniste.

Allie ne commença à comprendre la situation qu'en voyant le sang qui tachait la chemise de Rafe, roulée en boule sur le sol.

— Que t'est-il arrivé ? s'écria-t-elle.

Rafe, qui ne s'était pas encore aperçu de sa présence, leva la tête et marmonna :

— Désolé ! Je ne voulais pas te réveiller.

— C'est sans importance... Dis-moi plutôt ce que tu as... Pourquoi saignes-tu ?

— Je ne saigne plus.

— Mais comment t'es-tu blessé ?

— Le coin du projecteur a déchiré ma veste de smoking en passant au-dessus de nous et m'a éraflé la peau, c'est tout. Retourne te coucher ! J'en aurai terminé dans quelques minutes, et, ensuite, je ne te dérangerai plus, d'accord ?

Sans même daigner lui répondre, Allie saisit le flacon et regarda l'étiquette.

— De l'alcool à 90° ? s'exclama-t-elle. Il faut être masochiste pour mettre ça sur une plaie ouverte... Tu n'as rien d'autre ?

— Non, c'est tout ce qu'a pu me trouver le directeur du village-vacances dont fait partie ce chalet quand je suis allé chercher les clés. Laisse-moi, maintenant ! J'ai presque fini.

— Tourne-toi !

— Non, je me débrouillerai tout seul.

— Tourne-toi !

Une ombre passa sur le visage de Rafe, et la jeune femme crut un instant qu'elle n'aurait pas gain de cause, mais il obéit finalement.

Contrairement à la première fois, elle parvint à

contenir le cri d'effroi qui lui monta à la gorge devant l'état de l'épaule de Rafe. Le projecteur ne lui avait pas juste « éraflé la peau » : sa chair, déjà meurtrie à cet endroit-là, portait une large entaille, et ses efforts maladroits pour se soigner avaient arraché en partie la croûte de sang séché qui s'était formée sur la lésion.

Allie attrapa le gant de toilette que Rafe tenait à la main, versa de l'alcool dessus et tamponna doucement la blessure. Rafe tressaillait chaque fois que l'antiseptique touchait sa peau, mais il garda un silence stoïque.

— Cette plaie a besoin d'être recousue, observa la jeune femme au bout d'un moment.

— Mais non, elle n'est pas profonde.

— Comment le sais-tu ? Tu ne peux pas la voir !

— Non, mais je sens bien que ce n'est pas grave et qu'il suffit de la désinfecter.

— Et moi, je te dis que tu dois aller chez un médecin ! insista la jeune femme. Sans points de suture, cette entaille ne se refermera pas bien et laissera une grosse...

Les mots moururent sur ses lèvres et son visage s'empourpra, mais Rafe se retourna alors, et elle constata avec soulagement qu'il souriait d'un air d'ironie désabusée.

— Tu pourrais te retrouver avec une autre cicatrice, ce dont tu n'as pas vraiment besoin, reprit Allie d'un ton posé. A présent, tiens-toi tranquille ! Si tu bouges, je risque de te faire encore plus mal.

La tension qui régnait jusque-là dans la petite pièce diminua ensuite peu à peu et, tout en continuant de nettoyer la blessure, Allie commença à avoir conscience de la peau tiède qu'effleuraient ses doigts, du séduisant contraste formé par les larges épaules et les hanches minces de Rafe... Elle se souvint de ce corps uni au sien, la veille au soir...

— Tu n'as pas encore fini ? demanda soudain Rafe.

— Pardon ?

— Tu n'as pas encore fini ?

— Euh... si, presque.

Honteuse de s'être laissée aller à des pensées érotiques à un moment aussi incongru, la jeune femme se hâta de terminer. Elle reboucha le flacon et le posa avec le gant de toilette sur le rebord de la baignoire, puis abaissa le couvercle des toilettes et s'assit dessus.

— Qu'est-ce qui a causé l'explosion, Rafe ? dit-elle.

— Comment sais-tu que j'ai été blessé dans une explosion ? s'écria Rafe d'un ton brusque.

— Par les renseignements que Michael a recueillis sur toi à ma requête. C'est pour me les transmettre qu'il s'est arrêté au Nouveau-Mexique.

— Son rapport ne contenait donc pas les détails les plus sanglants ? Ça m'étonne, car ton cousin ne m'a pas l'air du genre à faire les choses à moitié !

— Je n'ai pas eu le temps de lire ce rapport en

entier, et je préfère, de toute façon, entendre l'histoire de ta bouche.

— Pourquoi veux-tu la connaître ?

L'atmosphère s'était de nouveau tendue, et Allie, un peu nerveuse, s'humecta les lèvres avant de déclarer :

— C'est toi que je veux connaître, Rafe. J'en ai besoin pour comprendre ce qui m'a poussée dans tes bras, hier soir, pour savoir si je ne confonds pas le désir avec... avec autre chose.

Rafe considéra attentivement la jeune femme. Plus d'une fois, au cours des années passées, il s'était vu poser à propos de ses cicatrices des questions qui témoignaient de tendances morbides, et auxquelles il avait refusé de répondre. Il ne pouvait cependant pas traiter la demande d'Allie par le mépris : il n'y avait aucune trace de curiosité malsaine dans les grands yeux bruns qui le fixaient ; ils exprimaient au contraire un intérêt et une sollicitude sincères.

— J'avais été chargé de faire sortir d'un pays d'Amérique latine un ingénieur spécialisé dans la prospection pétrolière, finit-il par expliquer. La junte au pouvoir l'accusait d'aider les guérilleros qui cherchaient à la renverser, et ces guérilleros, eux, le soupçonnaient d'avoir révélé à la police l'emplacement de leur quartier général. Je n'ai jamais réussi à découvrir lequel des deux camps avait posé une bombe sous ma voiture.

Autant par égard pour la sensibilité d'Allie qu'afin de s'épargner à lui de revivre l'horreur de ces moments, Rafe passa sous silence la scène même de l'explosion. Il marqua une pause, puis continua :

— Mon client et moi avons été gravement blessés dans cet attentat, qui a malgré tout eu le mérite d'attirer l'attention de la presse internationale. Le gouvernement américain a fait pression sur la junte pour obtenir notre rapatriement, après quelques semaines pas très agréables passées dans ce que j'hésite à appeler un hôpital.

— Et ensuite ? demanda Allie d'une voix douce. Tu n'as pas été bien soigné ?

— Si. La compagnie pétrolière qui m'avait engagé m'a confié aux meilleurs chirurgiens du pays. J'ai subi plusieurs greffes de peau, mais au bout d'un an d'opérations en tous genres, j'en ai eu assez et j'ai décidé de tout arrêter.

— Tes cicatrices sont encore douloureuses ?

— Non, elles me tirent juste un peu de temps en temps.

Si quelqu'un avait dit à Rafe qu'il discuterait un jour de ses blessures dans une salle de bains, avec une femme assise sur le siège des toilettes, il l'aurait traité de malade. N'ayant jamais parlé à personne ni de l'attentat ni de ses conséquences, il ne comprenait même pas comment Allie était parvenue à lui en extorquer le récit.

— Tu veux que je te masse ? proposa la jeune

femme. J'ai du lait hydratant dans ma valise. Cela t'assouplira la peau.

« Non, surtout pas ! » songea Rafe. Les mains d'Allie sur son corps, tout à l'heure, l'avaient déjà rendu à moitié fou de désir, malgré la brûlure de l'alcool à 90°. Il avait alors réussi à se maîtriser, mais mieux valait ne pas renouveler l'expérience. Le seul moyen de résister à la tentation, c'était d'éviter tout contact physique avec Allie.

— Non, pas ce soir, répondit-il donc. Il faut que tu retournes te coucher. Tu as besoin de huit heures de sommeil minimum par nuit, c'est toi-même qui me l'as dit le jour de notre première rencontre.

— Ta mémoire te trahit ! J'ai bien dit cela, en effet, mais j'ai précisé : « quand je travaille. »

Une expression soucieuse apparut soudain sur le visage de la jeune femme qui reprit :

— Combien de temps allons-nous rester ici ?

— Deux ou trois jours. J'attends les résultats des recherches menées par la police de New York et celle de Santa Fe, et nous ne partirons pas avant de les avoir reçus.

— Les photos en décor naturel doivent être terminées d'ici le week-end, déclara Allie, l'air de plus en plus préoccupé. Dom a loué un studio à New York pour la semaine prochaine, et le tournage des spots télévisés a lieu la semaine suivante.

— Il faudra peut-être changer ce programme.

— Mais je ne peux pas faire perdre leur temps à Dom et à l'équipe !

— Oublie-les et pense à toi, pour une fois ! s'écria Rafe, exaspéré.

Puis, comme Allie semblait heurtée par sa véhémence, il ajouta d'une voix radoucie :

— Tu ne seras pas d'une grande utilité à Avendez si tu as les yeux cernés et les traits tirés, alors profite de ces quelques jours pour te détendre.

Même si elle l'avait voulu, il lui aurait été impossible de se détendre, songea Allie. Trop de choses l'en auraient empêchée : l'idée que quarante personnes étaient en train de se tourner les pouces à cause d'elle, l'importance qu'avait pour son père, Caroline et tout le clan Fortune le lancement rapide de leur nouvelle ligne de produits, sans parler de la présence constante de Rafe à ses côtés dans un chalet qui ne devait pas être très grand.

— Allez, retourne te coucher ! ordonna Rafe. Je vais finir de ranger ici.

La jeune femme se résigna cette fois à obéir, mais quand elle eut franchi le seuil de la salle de bains, un nouveau souci vint s'ajouter aux autres. La porte maintenant grande ouverte laissait passer assez de lumière, en effet, pour lui permettre de constater que le chalet était encore plus petit qu'elle ne le pensait : il ne comprenait qu'une seule pièce !

Un lit à deux places et une table de chevet en occupaient un coin, et le reste de l'espace formait un séjour au décor et à l'ameublement rustiques — une grande cheminée de pierre, un canapé, quelques chaises et deux tables.

Une couverture et un oreiller posés sur le canapé lui apprirent que Rafe comptait dormir dessus. A trois mètres d'elle... Dans la même pièce...

Et elle était censée se détendre ?

Etouffant un soupir, Allie se dirigea vers le lit. Un reflet métallique attira alors son regard, et elle vit la boîte à musique installée sur la table de chevet. Elle s'en approcha, remonta le mécanisme, puis se glissa sous la couette et écouta résonner dans le silence la polonaise au son de laquelle elle s'était si souvent endormie, enfant.

Rafe, qui allait se pencher pour ramasser sa chemise tachée de sang, se figea en entendant un cliquetis de clé, mais la mélodie qui s'éleva après le rassura : Allie avait juste mis en marche sa boîte à musique.

Bien que cet air lui fût familier, Rafe n'en connaissait ni le titre ni l'auteur. Il n'en ressentit pas moins jusqu'au tréfonds de son être le mystérieux pouvoir d'envoûtement. La beauté délicate et raffinée de ce morceau était l'équivalent musical de celle d'Allie.

Attentif à ne pas faire le moindre bruit, Rafe prit sa chemise par terre et la posa dans la baignoire. Il éteignit ensuite la lumière et sortit de la salle de bains.

La pièce attenante était plongée dans le noir. Rafe

attendit pour la traverser que ses yeux se fussent habitués à l'obscurité. La mélodie s'arrêta alors et, dans le silence qui suivit, il perçut le souffle lent et régulier d'Allie.

Elle dormait.

# 11.

Toutes les conditions étaient réunies pour faire de cette soirée un moment de quiétude et de bien-être parfaits : un grand feu pétillait dans la cheminée, la radio diffusait un programme de jazz, et Rafe était confortablement installé dans le canapé, avec sur les genoux un roman policier découvert sur une étagère, au milieu de vieux magazines et de jeux de société.

La femme qui tournait dans la pièce comme un ours en cage lui gâchait cependant son plaisir. Il n'avait pas réussi à lire plus de deux pages en une heure. Son métier lui avait enseigné la patience, mais là, il se sentait tout près de recourir à des méthodes extrêmes pour forcer Allie à se tenir tranquille, comme de l'attacher sur une chaise avec, faute de cordes ou de chaînes, les draps du lit.

— Tu veux bien t'asseoir et essayer de te détendre ? finit par s'exclamer Rafe.

— Je ne peux pas. Nous sommes ici depuis

bientôt vingt-quatre heures... Combien de temps faut-il pour relever des empreintes digitales et retrouver la trace d'un coup de téléphone ?

— Je t'ai déjà dit cent fois que l'inspecteur de New York chargé de ton affaire avait la grippe, mais qu'un de ses collègues avait maintenant repris l'enquête auprès des différents opérateurs du pays. Quant au morceau de câble coupé, la police de Santa Fe l'a envoyé à Albuquerque, et elle m'a promis de me communiquer le rapport du laboratoire dès qu'elle l'aurait.

— Et mon père ne s'impatiente pas ? Il n'a pas parlé d'user de son influence sur le maire, ou le gouverneur, pour accélérer les choses ?

— Si.

— Et alors ?

— Je lui ai déclaré qu'il pouvait agir comme il l'entendait, mais que je ne te ramènerais pas au Rancho Tremayo avant d'avoir le résultat des recherches menées par la police.

— Tu aurais dû me passer Dom, quand tu l'as eu au téléphone. Je lui aurais expliqué la situation.

— Je lui ai dit tout ce qu'il avait besoin de savoir.

— Il n'est peut-être pas du même avis, et comme, en plus, tu n'as sûrement pas été très aimable avec lui, je ne serais pas surprise qu'il ait quitté l'hôtel quand nous y retournerons.

— Ne t'inquiète pas, il y sera encore.

Allie avait cependant raison sur un point, songea Rafe : il avait été plutôt froid avec le photographe. Même s'il l'avait rayé de la liste des suspects, cet homme ne lui inspirait pas plus de sympathie qu'avant. C'était un tyran, un caractériel, et la façon dont il se permettait de critiquer Allie révoltait Rafe.

Il la trouvait parfaite, lui, même quand elle avait le nez brillant et les cheveux en désordre, comme maintenant. Enfin, presque parfaite, car il avait découvert depuis leur arrivée au chalet que, sous ses dehors placides, elle cachait un tempérament bouillant. Privée de l'exutoire du jogging quotidien et d'un travail exigeant, son énergie naturelle se manifestait sous forme de mauvaise humeur et de déambulations incessantes.

Le fait de croire qu'elle allait se reposer pendant ces quelques jours de vacances forcées prouvait qu'il la connaissait vraiment très mal.

— La grippe ! s'écria-t-elle soudain en venant se planter devant Rafe, les mains sur les hanches. L'enquête a été retardée d'un jour à cause d'un idiot d'inspecteur qui a attrapé la grippe !

— Les policiers ne sont pas des surhommes. Ils peuvent tomber malades, comme tout le monde.

— Ne me parle pas sur ce ton d'ironie condescendante ! Je ne suis pas d'humeur à supporter tes sarcasmes, au cas où tu ne l'aurais pas remarqué !

— Si, je l'ai remarqué, susurra Rafe.

Allie le fusilla du regard, exaspérée par le calme qu'il parvenait à garder, lui, envers et contre tout. Elle savait ce qui la rendait nerveuse, et le soupçonnait de le savoir lui aussi. Cette agitation était due en partie à l'inquiétude, en partie à une énergie qui ne trouvait pas à s'employer, et pour le reste — c'est-à-dire la plus grande part —, à Rafe lui-même.

Les seules distractions de la journée avaient été les repas, pris dans le restaurant du village-vacances, quelques parties de cartes et des échanges de banalités avec Rafe.

Comme la veille, il demeurait cantonné dans son rôle de garde du corps, et, fidèle à la promesse qu'elle s'était faite, Allie s'interdisait de le forcer à sortir de sa réserve. Maintenant qu'elle en connaissait la raison, cela aurait dû lui être facile, et pourtant cette promesse devenait de plus en plus dure à tenir d'heure en heure.

A peine levée, il lui avait d'abord fallu tenter d'ignorer les traces de la présence récente de Rafe dans la salle de bains — les serviettes mouillées qu'il venait d'utiliser, sa chemise lavée suspendue au-dessus de la baignoire, l'odeur épicée de son after-shave, ses affaires de toilette alignées sur la tablette du lavabo... Simples et anodines en apparence, toutes ces petites choses créaient une atmosphère d'intimité si éloignée de la réalité que la jeune femme en avait eu le cœur serré.

Ensuite, quand elle s'était déshabillée pour prendre sa douche, Allie n'avait pu chasser de son esprit la pensée que Rafe était dans la pièce voisine, et elle s'était dépêchée de se laver afin de ne pas céder à la tentation de l'appeler pour qu'il vienne la rejoindre.

La matinée et l'après-midi qui avaient suivi s'étaient révélés tout aussi éprouvants. Où qu'elle posât les yeux, Rafe était dans son champ de vision, et lorsqu'il l'avait aidée à descendre de la voiture, quand ils étaient allés au restaurant, le contact de sa main sur la sienne lui avait fait l'effet d'une décharge électrique.

Ce n'était cependant rien comparé à ce début de soirée, où Allie se sentait d'autant plus frustrée que le cadre rustique, le feu de bois et la nuit, dehors, invitaient au rapprochement des cœurs et des corps.

Rafe rompit le silence qui s'était installé dans la pièce en demandant :

— Tu veux retenter ta chance au gin-rummy ?

— Non, grommela la jeune femme. Si on avait joué de l'argent, tout à l'heure, je te devrais l'équivalent de ce que je gagne en six mois ! Je suis sûre que tu as triché.

— Je l'avoue, dit-il avec un grand sourire.

Sa bonne humeur et sa décontraction achevèrent d'irriter Allie. Pourquoi n'était-il pas aussi nerveux qu'elle ? La situation n'avait pourtant rien de réjouissant, et si l'attente des informations recherchées par la police ne le faisait pas bouillir d'impatience, il aurait au moins pu montrer quelques signes de la tension sexuelle qui l'avait, elle, tourmentée toute la journée !

Prête à tout pour se distraire l'esprit, la jeune femme se dirigea vers l'étagère où Rafe avait pris les cartes.

— Voyons ce que nous avons là..., déclara-t-elle. Il y a peut-être un jeu où il n'est pas possible de tricher.

Rafe s'obligea à détourner les yeux d'Allie et pria le ciel qu'elle trouvât quelque chose, n'importe quoi, pour occuper le reste de la soirée. Faute de dérivatif au désir qui le dévorait, il n'était pas sûr de pouvoir continuer très longtemps à feindre l'indifférence.

— Ah ! un échiquier..., l'entendit-il marmonner. Zut, il manque une des tours ! Un Scrabble... Non, tu serais capable d'inventer des mots, et nous n'avons pas de dictionnaire... Tiens, un puzzle ! J'adorais ça, quand j'étais petite, mais c'est un jeu qui se joue seul...

— Fais celui-là, si tu en as envie. Je regarderai, et si je m'ennuie, j'ai mon livre.

Dix secondes plus tard, Allie revint avec un vieux carton à chaussures, dont elle vida le contenu sur la table basse placée devant la cheminée.

— L'image à reconstituer est un manège de chevaux de bois ! s'écria-t-elle d'un air ravi.

— Comment le sais-tu ? demanda Rafe en considérant ce qui lui apparaissait à lui comme un assemblage de pièces complètement hétéroclites.

La jeune femme ne parut pas l'entendre. Elle avait levé la tête et fixait sa boîte à musique.

— Je me souviens de l'époque où les couleurs du manège de Kate étaient aussi vives que celles de ce puzzle, murmura-t-elle.

A la clarté du feu de bois, Rafe vit une expression douloureuse se peindre sur le visage d'Allie.

— Qui est Kate ? dit-il bien qu'il connût déjà la réponse.

— Ma grand-mère, indiqua la jeune femme en se tournant vers lui, la fondatrice des laboratoires Fortune Cosmetics. Elle est morte, il y a six mois et... et elle me manque beaucoup.

Si Rafe avait écouté la voix de sa raison, il en serait resté là. Il était dangereux de s'engager avec Allie dans une conversation trop personnelle. Il s'efforçait depuis le matin de garder ses distances avec elle, et il devait continuer de s'y employer tant qu'elle serait en danger.

Après, cependant...

Cette pensée le surprit, car c'était la première fois qu'il envisageait la possibilité d'avoir une vraie liaison avec Allie. Rien de permanent, bien sûr, mais le temps que cette liaison durerait, elle leur ferait passer des moments agréables. Non, plus qu'agréables... Uniques et merveilleux.

Comme Allie elle-même.

Une deuxième chose étonnait Rafe : il s'était juré de ne plus jamais laisser une femme lui compliquer l'existence, et pourtant, devant la tristesse qu'inspirait à celle-ci le souvenir de sa grand-mère décédée, il ne pouvait pas plus contrôler son désir de la consoler qu'il n'aurait pu se retenir de respirer.

Ce qui avait débuté comme la simple exécution d'un travail s'apparentait donc maintenant à une fonction vitale : il voulait protéger Allie de tout mal, physique et moral. Il l'avait pressenti la veille, pendant le trajet jusqu'au chalet, mais sans être capable de le formuler de façon aussi claire.

Pour l'instant, elle avait besoin de parler, et même si c'était sa sœur jumelle qui lui servait sans doute normalement de confidente, Rafe entendait au moins essayer de remplacer Rocky dans ce rôle.

— Comment était ta grand-mère ? demanda-t-il d'une voix douce.

— Kate avait un caractère assez proche du tien, répondit Allie après quelques secondes de réflexion. Elle était courageuse, volontaire et farouchement indépendante. Elle est morte aux commandes de son avion, alors qu'elle survolait la forêt amazonienne.

— Ce devait être quelqu'un d'exceptionnel.

— De très exceptionnel !

Rafe serra les poings pour s'empêcher d'attirer la jeune femme dans ses bras et chercha un autre moyen de la réconforter.

— Il me semble avoir vu une boîte de peinture sur l'étagère, déclara-t-il. Si nous l'utilisions pour rénover le manège de ta grand-mère ? Et tu pourras m'en dire plus sur elle pendant que nous travaillerons.

Le visage de son interlocutrice s'illumina.

— Excellente idée ! s'écria-t-elle. Tu sais peindre ?

— Ce n'est pas bien sorcier : il suffit de tremper un pinceau dans un godet et de le passer sur la surface à colorer.

— Tu n'as apparemment jamais peint que des murs ou des volets ! La tâche qui nous attend est beaucoup plus délicate, mais tant pis, je prends le risque !

Après avoir rangé le puzzle, Allie disposa le matériel de peinture et la boîte à musique sur la table basse. Elle s'assit ensuite devant, Rafe s'installa à côté d'elle, et ils se mirent à l'ouvrage.

Comme Rafe l'avait suggéré, la jeune femme évoqua alors pour lui son énergique et intrépide grand-mère, puis, de fil en aiguille, elle en vint à parler de sujets encore plus personnels, comme la dégradation des relations entre ses parents ou les avantages et les inconvénients d'avoir une sœur jumelle.

— Quand nous étions plus jeunes, Rocky et moi nous amusions parfois à échanger nos identités, expliqua-t-elle tout en recouvrant d'une fine couche de peinture rouge le licou d'un minuscule cheval. Il arrivait cependant que cela se retourne contre nous. Une fois, par exemple, elle est allée danser à ma place avec mon petit ami du moment. Il ne s'est rendu compte de rien, mais quand je lui ai révélé la supercherie, le lendemain, il a été si vexé qu'il a rompu sur-le-champ.

— Il ne devait pas être très malin, observa Rafe. J'ai du mal à imaginer que ton petit ami ait pu prendre ta sœur pour toi.

— C'est parce que tu n'as jamais vu Rocky sur son trente et un.

— J'avoue l'avoir confondue avec toi lors de notre première et unique rencontre, mais il ne m'a pas fallu plus de quelques secondes pour m'apercevoir de mon erreur. Vous avez beau être semblables physiquement, l'aura que vous projetez n'est pas du tout la même. Vous êtes comme ce jouet que t'a laissé ta grand-mère : ce n'est pas son apparence qui en fait ce qu'il est, mais sa petite musique intérieure.

La gorge d'Allie se noua : Rafe avait parfaitement compris pourquoi elle attachait autant de valeur au legs de Kate. L'idée lui vint ensuite que la remarque de Rafe pouvait s'appliquer à lui, mais il ne semblait pas en avoir conscience, ou bien alors il n'était pas prêt à le reconnaître.

— J'ai presque terminé ce cheval, et j'avoue que je ne suis pas mécontent de mon travail ! annonça-t-il en posant son pinceau.

Le cheval en question était moins peint que barbouillé de couleurs maladroitement appliquées, constata la jeune femme après y avoir jeté un coup d'œil, mais Rafe avait l'air si satisfait de son œuvre qu'elle se sentit fondre et ne songea pas une minute à lui adresser des reproches.

Quand il se tourna vers elle et lui sourit, cependant, l'attendrissement d'Allie céda la place à une émotion beaucoup plus puissante, et un doute s'insinua subitement dans son esprit : n'était-elle pas tombée amoureuse de Rafe, sans même s'en rendre compte ? Elle était déjà sûre d'éprouver pour lui plus que du désir, et nourrissait le secret espoir de voir une attirance physique qu'elle savait réciproque se transformer un jour en quelque chose d'autre. Jusqu'à cet instant, néanmoins, et même si la nature de ce « quelque chose » restait à définir, jamais elle n'aurait pensé qu'il pût s'agir d'amour.

Mais non, elle se trompait, pensa Allie, prise d'une brusque panique. Elle avait déjà commis une terrible erreur en se fiançant à quelqu'un qu'elle croyait connaître ; alors, comment un homme dont elle avait conscience d'ignorer presque tout aurait-il pu conquérir son cœur ?

Et en particulier cet homme-là qui avait le don de l'agacer et la fâcheuse habitude de la laisser repousser seule les avances des autres tout en refusant obstinément de lui en faire... C'était elle, jusqu'ici, qui avait pris toutes les initiatives, jouant un rôle de séductrice qui ne lui plaisait pas vraiment.

Il lui fallait pourtant bien admettre qu'elle se sentait en sécurité avec lui et avait passé dans ses bras des moments inoubliables.

Complètement désorientée, Allie posa à son tour son pinceau et se leva.

— Il est tard, déclara-t-elle. Nous continuerons demain. Tu veux utiliser la salle de bains le premier ?

— Non, vas-y, toi ! J'aimerais finir mon cheval ce soir.

La jeune femme se hâta de s'éloigner. Son brusque départ ressemblait beaucoup à une fuite, mais Rafe ne parut pas s'en apercevoir : elle le laissa devant le petit manège, le front plissé par la concentration, et lorsqu'elle le rejoignit, un quart d'heure plus tard, prête à aller se coucher, il n'avait pas bougé de place.

— Tu n'as pas terminé ? lui demanda-t-elle.

— Attends... Une dernière touche de marron sur la crinière... Voilà, c'est parfait !

Sur ces mots, Rafe referma la boîte de peinture, se mit sur ses pieds et s'étira paresseusement. Allie le regarda du coin de l'œil, admirant le séduisant mélange de grâce et de virilité qui s'exhalait de toute sa personne, mais soudain il se figea et une grimace crispa son visage. La lenteur avec laquelle il abaissa ensuite son bras gauche fit alors comprendre à la jeune femme qu'il avait mal de ce côté-là.

Un vif sentiment de remords la saisit aussitôt. La veille seulement, il lui avait confié que ses cicatrices lui faisaient mal de temps en temps. Cela ne l'avait pas empêché de rester penché sur une table pendant des heures, et pourquoi ? Pour la distraire de ses soucis...

Sans mot dire, la jeune femme tourna les talons, regagna la salle de bains et prit la bouteille de lait hydratant dans ses affaires de toilette.

— Assieds-toi sur le canapé ! ordonna-t-elle à Rafe une fois revenue dans la chambre-séjour.

— Pardon ?

— Assieds-toi sur le canapé et enlève ta chemise !

— Mais... pourquoi ?

— Pour que je puisse te masser.

— Ce n'est pas la peine.

— Si, c'est la peine !

— Non, je t'assure que...

— Tu vas m'obéir, oui ou non ?

Rafe haussa les sourcils et remarqua sur un ton mi-irrité, mi-sarcastique :

— J'ai l'impression d'entendre ton père ! Tu es aussi têtue et autoritaire que lui... Ça ne t'ennuie pas d'avoir hérité de ses défauts ?

Pour bien lui montrer qu'elle ne se laisserait pas déstabiliser par ses manœuvres de diversion, Allie croisa les bras et le fixa d'un air dur.

— Bon, bon, d'accord..., maugréa-t-il.

Traînant les pieds comme un enfant grognon, il se dirigea vers le canapé, s'y installa et déboutonna lentement sa chemise.

Quand il fut torse nu, la jeune femme s'assit près de lui, l'obligea à se tourner, puis versa un peu de lait hydratant dans le creux de ses paumes et se mit à lui masser l'épaule, avec des mouvements délicats et en évitant l'entaille, qui semblait heureusement en voie de cicatrisation.

Difficile de toucher cette peau qui frémissait sous ses mains sans céder à l'envie d'y poser aussi ses lèvres, se dit Allie. Mais si, elle le pouvait... Elle le pouvait...

— Je ne te fais pas mal ? s'enquit-elle pour tenter de chasser toute pensée érotique de son esprit.

— Non.

— Je te trouve très contracté... Essaie de te détendre, d'accord ?

Seul le silence lui répondit, et elle soupçonna Rafe d'être, lui aussi, en train de lutter contre une fièvre grandissante.

Si c'était bien le cas, et à en juger par la réserve qu'il avait réussi à garder pendant toute la journée, il sortirait victorieux de ce combat, et Allie avait décidé de le laisser désormais prendre l'initiative...

Il n'était cependant peut-être pas nécessaire de se jeter à son cou, comme les fois précédentes, pour lui exprimer ses sentiments, songea-t-elle soudain. Lorsque leur passion devenait trop obsédante, les hommes la considéraient souvent comme une faiblesse, ou une entrave possible à leur liberté, et c'était aux femmes de dissiper leurs craintes en leur montrant qu'un désir partagé était au contraire source d'enrichissement.

La panique qu'Allie avait éprouvée un peu plus tôt à l'idée d'être tombée amoureuse de Rafe disparut brusquement. Elle se sentait prête à l'aimer, et à le lui faire comprendre sans le brusquer : la douceur de ses gestes lui prouverait mieux qu'aucun acte impétueux la force de son attachement.

Plusieurs minutes s'écoulèrent, puis Rafe murmura :

— Allie ?

— Oui ?

— Tu portes quelque chose sous ta chemise de nuit ?

— Non.

— C'est bien ce que je craignais.

Les mains de la jeune femme s'étaient immobilisées. Elle attendit, le cœur battant, et Rafe finit par faire ce qu'elle espérait : il se retourna et la prit dans ses bras.

Rafe ne savait pas du tout pourquoi il avait subitement décidé de passer outre à sa résolution de ne plus toucher Allie tant qu'elle serait sa cliente. Il savait juste qu'au cours des quelques minutes précédentes, s'était associé à son envie d'elle un puissant élan de tendresse. Ce n'était pas la première fois qu'elle lui inspirait ce sentiment, mais jamais encore il ne l'avait éprouvé à un moment où son désir atteignait un tel paroxysme.

L'heure n'était cependant pas à l'introspection : seul comptait pour l'instant le corps d'Allie contre le sien et les frissons de plaisir qui la secouaient déjà sous les caresses de ses mains impatientes.

Quand Rafe la porta jusqu'au lit, après lui avoir fait l'amour lentement, voluptueusement, Allie se sentait euphorique. Elle n'eut pas besoin de lui demander de venir la rejoindre sous la couette : il s'allongea de lui-même près d'elle et l'enlaça étroitement.

La jeune femme enfouit d'instinct son visage dans le creux de l'épaule où elle se trouvait si bien. Ses yeux se fermèrent, et le sommeil commençait de la gagner lorsqu'un souvenir remonta à sa mémoire ; au moment de l'orgasme, elle avait crié : « Je t'aime, Rafe ! »

N'était-ce pas imprudent, voire prématuré ? se dit-elle. Ses sentiments n'étaient-ils pas trop neufs, trop incertains, pour qu'elle les exprime ? Mais ces mots lui avaient échappé dans le feu de la passion, et elle ne pouvait pas les reprendre...

Une sourde angoisse l'envahit, qu'elle décida cependant d'ignorer. Il serait bien temps de se faire du souci demain. Seul comptait dans l'immédiat le bonheur de s'endormir dans les bras de Rafe.

# 12.

Quand Allie ouvrit les paupières, le lendemain matin, la lumière qui filtrait à travers les rideaux tirés éclairait une pièce vide.

Ecartant les mèches de cheveux qui lui tombaient sur les yeux, elle s'assit dans le lit. Rafe n'était pas à son côté, et aucun bruit ne s'élevait de la salle de bains. Il était parti.

Une brusque inquiétude saisit la jeune femme, mais elle se raisonna : même si Rafe avait décidé de reprendre ses distances avec elle, après leur nuit d'amour, jamais il ne l'aurait laissée seule et sans protection.

Non, il devait être allé au restaurant du village-vacances boire le café dont son organisme avait besoin pour se mettre en route le matin.

Si seulement il avait la bonne idée de lui en rapporter une tasse, songea Allie, et aussi quelque chose à manger... Elle mourait de faim !

Son vœu fut exaucé : le temps qu'elle se douche et s'habille, Rafe franchissait la porte, les bras chargés d'un plateau où s'alignaient deux grands gobelets de plastique et plusieurs assiettes recouvertes de papier d'aluminium.

Une bouffée d'air frais et une odeur de pins pénètrèrent avec lui dans le chalet. Il s'immobilisa sur le seuil et son regard se posa aussitôt sur Allie qui était sortie de la salle de bains en entendant la clé tourner dans la serrure.

Il ne s'était pas rasé, remarqua-t-elle. Sans doute avait-il eu peur de la réveiller. La barbe naissante qui lui mangeait les joues et ses cheveux ébouriffés par le vent du dehors s'ajoutaient à l'expression sévère de son visage pour lui donner cet air farouche que la jeune femme commençait à bien connaître, mais qui ne s'accordait pas du tout avec son humeur à elle. Ne venaient-ils pas de partager des moments d'intense bonheur ?

Comme la veille, Allie résolut de le faire sortir de sa réserve sans le brusquer. Elle se contenta de le fixer et de penser, très fort : « Viens à moi, Rafe ! J'ai besoin de sentir ton corps contre le mien. »

Et le message passa, car il posa le plateau, s'approcha d'elle et l'enlaça. Il y avait maintenant dans ses yeux un désir qui ne cherchait plus à se cacher, mais une lueur inquiète y subsistait, dont Allie déduisit qu'il apportait de mauvaises nouvelles en plus du petit déjeuner.

Décidant d'ignorer pour l'instant les problèmes qui s'annonçaient, elle garda le silence, et Rafe se pencha pour l'embrasser. Lorsqu'ils rompirent leur étreinte, elle esquissa un sourire et chuchota :

— Mmh... C'était agréable.

— Très agréable.

— Et pas si bête que ça, finalement.

— Non, c'est même l'une des choses les plus judicieuses que j'aie jamais faites, dit Rafe en effleurant d'un dernier baiser les lèvres d'Allie.

Il la lâcha ensuite, enleva son gilet doublé, et la jeune femme comprit que le moment était venu d'affronter la réalité.

— Tu as le résultat des enquêtes menées par la police ? demanda-t-elle.

— Oui, j'ai appelé New York et Santa Fe depuis le restaurant.

— Et alors ?

— Alors les recherches n'ont rien donné, ni d'un côté ni de l'autre. Il n'y a aucune trace de communication entre le portable de la caravane et ton bungalow.

— Je savais bien que le coupable n'était pas un membre de l'équipe ! s'écria Allie, soulagée.

— Ne te réjouis pas trop vite ! Cela signifie juste que l'appel n'a pas été passé depuis la caravane. Il demeure néanmoins possible qu'une personne de ton entourage ait quitté l'hôtel, cette nuit-là, pour te téléphoner d'ailleurs.

— D'accord, d'accord... Et l'examen du câble ? Les experts n'ont pu y relever aucune empreinte ?

— Non, rien d'exploitable.

Le soulagement d'Allie céda la place à une immense déception. Elle avait espéré que la police identifierait un inconnu, un quelconque désaxé qui l'aurait suivie jusqu'à Santa Fe et se serait mêlé au public du spectacle de bienfaisance. Elle voulait se remettre à vivre normalement.

— Il y a autre chose, reprit Rafe. Le laboratoire d'Albuquerque est incapable de dire avec certitude si le câble a été volontairement coupé ou s'est rompu sous l'effet de l'usure.

— C'est donc peut-être un simple accident, pour finir ?

— Oui.

— Et l'homme qui me harcèle n'est pas forcément au Nouveau-Mexique ?

— Il peut être n'importe où. Nous nous retrouvons à la case départ.

Le visage de Rafe exprimait une telle frustration qu'Allie, oubliant son propre désappointement, déclara d'une voix douce :

— Non, pas à la case départ, du moins en ce qui nous concerne, toi et moi. Sur ce plan-là, je ne sais pas exactement où nous sommes, mais en aucun cas à la case départ.

Rafe fronça les sourcils. Il avait l'air désorienté, comme elle la veille au soir, mais sa perplexité à lui semblait s'accompagner de méfiance.

— Moi non plus, je ne sais pas exactement où

nous en sommes, indiqua-t-il. Tout ce que je sais, c'est que j'ai enfreint à peu près toutes les règles de ma profession depuis que je te connais.

— Les règles sont faites pour être enfreintes, ou au moins adaptées aux circonstances.

Bien que la jeune femme parlât d'un ton léger, elle ne put produire qu'un sourire contraint.

Pourquoi avait-elle laissé échapper cette déclaration d'amour, hier soir ? songea-t-elle, le cœur serré. Rafe avait peur, à présent...

Comme pour le lui confirmer, il annonça alors :

— J'ai été marié, Allie.

— Oui, je suis au courant.

— Et ça n'a pas marché.

— Et alors ? J'ai été fiancée, pour ma part, et ça n'a pas marché non plus.

— Tu ne comprends pas... Je n'étais déjà pas le mari idéal avant l'explosion, et après, ma femme s'est carrément mise à avoir honte de moi. Maintenant, je...

— Et alors ? Tu es juste un peu abîmé, comme mon manège, coupa Allie.

— Plus qu'un peu !

— Tu as pourtant dit toi-même que l'apparence ne comptait pas, que seule importait la petite musique intérieure... Eh bien, il se trouve que j'aime la tienne.

— Ah oui ? susurra Rafe avec un sourire en coin. Je ne suis pas juste pour toi un nom de plus à ranger dans la collection des hommes à qui tu as fait tourner la tête, comme le Bègue, le Zèbre, le...

— Attends ! De qui parles-tu ?

— Je te l'expliquerai peut-être un jour. Dans l'immédiat, je voudrais finir d'éclaircir la situation entre nous... si nous le pouvons.

— Ne t'inquiète pas, Rafe : je ne te demanderai jamais rien que tu ne sois prêt à m'accorder.

— Tu t'emploies pourtant à m'attirer dans tes filets depuis le jour de notre première rencontre !

— Quelle idée ! s'écria la jeune femme d'un air faussement innocent.

Rafe sourit, mais une expression soucieuse reparut presque aussitôt au fond de ses yeux, et Allie déclara d'un ton grave :

— Je te répète que tu n'as pas à t'inquiéter : je me plierai aux règles que tu choisiras d'établir... dans la limite du raisonnable, bien sûr !

— Pourquoi ai-je le sentiment que tu vas insidieusement changer ces règles au fur et à mesure que je les édicterai ?

Jugeant qu'elle en avait obtenu assez pour aujourd'hui, Allie décida d'en rester là. Rafe ne lui avait fait aucune promesse concernant l'avenir, mais il n'avait pas non plus pris ses jambes à son cou...

Après toutes ces années passées à repousser les avances d'hommes qui prétendaient l'aimer, elle trouvait en outre irritant de devoir déployer tant d'efforts pour conquérir le cœur du seul qui l'intéressât.

Mais c'était peut-être un juste retour des choses, pensa-t-elle, recourant au sens de l'humour qui lui avait déjà permis de surmonter des épreuves de toutes sortes.

— Je t'aiderai à écrire ces règles, annonça-t-elle, mais il y a plus urgent : le petit déjeuner et les bagages. Si nous sommes revenus au Rancho Tremayo en fin de matinée, la séance de photos au musée pourra se faire cet après-midi.

— Je crains qu'il ne soit encore un peu tôt pour rentrer à l'hôtel.

Allie, qui s'était déjà installée à la table sur laquelle se trouvait le plateau, se tourna vivement vers Rafe.

— Pourquoi ? demanda-t-elle.

— Je n'ai pas de raison précise à te donner, répondit-il en venant s'asseoir en face d'elle. C'est juste une intuition. Je n'en ai aucune preuve, mais mon instinct me dit que l'auteur des coups de téléphone est une personne de ton entourage, quelqu'un qui connaît ton planning, et je veux mener une enquête approfondie sur chacun des membres de l'équipe technique.

— Je croyais que tu t'étais renseigné sur tout le monde, moi y compris ?

— C'est exact.

Déconcertée, la jeune femme regarda en silence Rafe enlever le papier d'aluminium d'une assiette et plonger sa fourchette dans un mélange d'œufs brouillés, de légumes, de jambon coupé en dés et de poivrons verts. Son appétit à elle s'était envolé.

— Il y a sûrement une information que mes premières recherches n'ont pas déterrée, finit-il par expliquer entre deux bouchées. Il faut creuser plus profond.

— Combien de temps cela prendra-t-il ?

— Je l'ignore. Je ne renoncerai pas, en tout cas, avant d'avoir trouvé.

Allie réfléchit au dilemme dans lequel elle était enfermée : il y avait d'un côté le souci, qu'elle comprenait, d'un professionnel décidé à bien faire son métier, et de l'autre ses responsabilités à elle envers sa famille et l'équipe technique.

L'idée de passer quelques jours de plus seule avec Rafe dans ce chalet de montagne ne lui déplaisait pas, mais elle ne pouvait pas réduire quarante personnes à l'inaction juste pour satisfaire ses envies — sans parler de ses responsabilités envers sa famille.

— Il faut absolument que j'aille rejoindre Dom, décréta-t-elle. Nous avons déjà un jour et demi de retard sur le planning.

— Il me semblait pourtant t'avoir entendue dire, il y a cinq minutes à peine, que tu te plierais à mes règles...

— Oui, mais j'ai précisé : « dans la limite du raisonnable »... Ecoute, Rafe, je ne possède ni le courage ni l'esprit d'aventure de ma grand-mère : je suis terrifiée à la seule pensée qu'un membre de mon entourage me veuille du mal ou essaye d'en faire à ma famille à travers moi. Il aura cependant atteint son but si, au lieu de dominer ma peur, j'arrête de travailler et je retarde ainsi le lancement de notre nouvelle ligne de produits.

— Allie...

— Non, laisse-moi terminer, coupa-t-elle en posant doucement la main sur celle de Rafe. Les enjeux de cette campagne publicitaire sont plus élevés que tu ne le crois. De sa réalisation rapide et de son succès dépendent l'avenir de Fortune Cosmetics et celui de toute ma famille. Ce n'est donc pas juste par conscience professionnelle que je tiens à retourner travailler ; c'est surtout par obligation morale.

Rafe la fixa pendant un long moment, puis il poussa un petit soupir et déclara :

— D'accord, tu as gagné, mais si tu veux mon avis, tu as hérité de ta grand-mère plus de courage que tu ne le penses.

— Non, elle n'a jamais eu de garde du corps, elle !

— Il ne faut pas confondre courage et témérité, et puisque nous parlons de ça, j'ai une nouvelle règle à te proposer : ton garde du corps restera désormais avec toi jour et nuit. Tu acceptes de t'y plier ?

— Oh, mais très volontiers ! s'écria Allie avec un grand sourire.

⁂

Ils arrivèrent au Rancho Tremayo juste avant midi, et y furent accueillis par un Avendez plus désagréable que jamais. Ils se virent reprocher avec véhémence le retard pris à cause de leur « escapade », et l'humeur du photographe empira encore quand Rafe l'informa qu'il déménagerait ses affaires dans le bungalow d'Allie le soir même.

A cette annonce, le visage de Dom ainsi que la partie chauve de son crâne devinrent écarlates. Il foudroya son interlocuteur du regard et lui lança d'un ton hostile :

— Ces petites vacances me semblent avoir apporté à Allie une détente d'un genre bien particulier !

— Faites attention à ce que vous dites, Avendez !

La menace contenue dans les paroles de Rafe parut mettre un comble à la fureur du photographe.

— Je connais Allie depuis beaucoup plus longtemps que vous, Stone ! s'exclama-t-il, sa figure virant au cramoisi. J'ai vu des dizaines d'hommes, éblouis par sa beauté, tomber amoureux d'une apparence, sans jamais aller chercher au-delà la femme qu'elle est vraiment, sans jamais voir ce que je vois, moi, dans mon viseur.

Un flot d'images assaillit Rafe — Allie couchée sur lui dans la poussière, un sourire malicieux sur les lèvres ; Allie en chemise de nuit, une bouteille de lait hydratant à la main, en train de le sommer de s'asseoir et d'enlever sa chemise; Allie criant de plaisir au moment de l'orgasme...

Rafe eut alors conscience d'avoir reçu d'elle un présent rare et précieux : elle lui avait laissé voir quelque chose qu'Avendez ne verrait jamais dans son viseur. Un peu de compassion vint atténuer son antipathie pour le photographe, à qui il déclara doucement mais fermement :

— Je ne nie pas qu'Allie et vous ayez une relation privilégiée, mais cela ne m'empêchera pas de m'installer dans son bungalow à partir de ce soir.

Les yeux d'Avendez restèrent encore un moment plantés dans ceux de Rafe, mais il dut finalement admettre sa défaite, car il baissa soudain la tête et murmura :

— Bien, mais en attendant, elle est à moi.

Même s'il savait que la jeune femme n'appartenait à personne sinon à elle-même, Rafe jugea inutile de le préciser, car il était sûr qu'Avendez le savait lui aussi.

Allie était maîtresse de son propre destin, et ce qu'elle donnait aux autres avait d'autant plus de prix qu'elle n'exigeait rien en échange.

Le temps que techniciens et assistants fussent rassemblés dans le patio, Avendez avait retrouvé son indéfectible énergie : il invectiva tous ses collaborateurs sans distinction pendant qu'ils chargeaient en hâte le matériel dans les voitures.

Le petit convoi prit ensuite la direction du célèbre musée des Arts et de la Culture indiens de Santa Fe. Là, Xola partit immédiatement à la recherche d'accessoires utilisables, tandis qu'Avendez installait son modèle devant une magnifique collection de poteries Anasazi afin de fixer sur la pellicule ce qu'il appela « l'essence intemporelle de la beauté ».

Rafe n'avait pas quitté Allie d'une semelle : il s'était mis au volant de la voiture qui l'avait amenée à Santa Fe, et il surveillait maintenant avec attention la salle choisie pour la première série de photos.

Une tache orange, au milieu des techniciens qui s'affairaient, attira soudain son regard, et il resta un moment à observer Philips. Le stagiaire sursautait chaque fois qu'Avendez lui donnait un ordre, et sa nervosité intriguait Rafe. Travailler avec un homme aussi exigeant que Dom n'avait rien d'une partie de plaisir, c'était évident, mais le photographe traitait ses autres assistants avec la même rudesse, et ils ne perdaient pas pour autant leurs moyens, eux.

Un sentiment de pitié envahit tout de même Rafe quand, en pleine séance de travail, le Bègue laissa tomber un plateau chargé de pellicules utilisées et s'attira ainsi les foudres d'Avendez.

Se mettant à quatre pattes, le stagiaire ramassa les rouleaux de film, puis partit en chercher un nouveau stock. Quand il reparut, cinq minutes plus tard, il s'essuyait le nez comme un enfant qui venait de pleurer, ou comme...

Rafe eut une brusque illumination : le Bègue se droguait ! Comment ne l'avait-il pas compris plus tôt ? Ce ne devait être qu'un consommateur occasionnel, sinon les signes de sa toxicomanie auraient été plus visibles, mais Philips avait souvent le nez qui coulait, et Rafe s'en voulait de ne pas avoir remarqué ce symptôme qui affectait les sniffeurs de drogue.

Les yeux rivés sur le stagiaire, il réfléchit au nouveau champ d'hypothèses que lui ouvrait sa découverte. L'usage de stupéfiants pouvait avoir transformé en obsession malsaine la fascination d'un jeune homme pour un célèbre mannequin... Philips avait pu appeler Allie sous l'emprise de la drogue, et il ne se rappelait peut-être plus lui avoir tenu des propos obscènes une fois revenu à son état normal... Il avait pu...

— Pas si prononcé, le contre-jour ! hurla soudain Avendez. Là, je ne distingue même plus ses traits ! Bougez-moi ce projo, et que ça saute !

Rafe laissa passer l'orage, puis se replongea dans ses réflexions. Il allait rendre visite au Bègue ce soir, décida-t-il, pour avoir avec lui une petite explication. Et dans l'intervalle, il veillerait à le tenir à distance respectueuse d'Allie.

Le soleil était couché depuis longtemps quand l'équipe harassée rentra au Rancho Tremayo. Rafe accompagna Allie jusqu'à son bungalow, puis se rendit dans le sien pour rassembler ses affaires. Lorsqu'il rejoignit la jeune femme, un quart d'heure plus tard, elle s'était déjà douchée et changée.

— Dom vient de convoquer tous ses collaborateurs directs au laboratoire pour étudier les planches-contact d'aujourd'hui, annonça-t-elle d'une voix lasse. Les clichés retenus seront ensuite développés pendant que nous établirons le planning de demain.

— Ne bouge pas ! dit Rafe en posant ses bagages sur le lit. Je reviens dans cinq minutes.

Il ressortit dans la nuit fraîche et, tout en se dirigeant vers son bungalow, songea qu'il lui fallait reporter son entretien avec Philips. Il aurait préféré lui parler dès ce soir, mais Allie, déjà épuisée, le serait encore plus après la réunion de travail, et il ne voulait pas la laisser seule.

Une occasion de prendre le jeune homme à part se présenterait certainement le lendemain... Rafe réfléchit à l'emploi du temps de la jeune femme et fixa son choix sur le moment où le coiffeur et les maquilleuses la préparaient pour la première séance de photos de la journée. Elle ne risquait rien, alors, et il pourrait s'éclipser.

En attendant, il allait appeler l'inspecteur new-yorkais chargé de l'enquête et lui demander de vérifier si Philips n'avait pas de casier judiciaire.

⁂

La réunion s'éternisait, et Allie sentait un début de migraine lui vriller les tempes. Ce devait être la fatigue, associée à l'odeur de produits chimiques qui remplissait la caravane. Elle n'avait qu'une envie : quitter cette atmosphère confinée, regagner son bungalow avec Rafe, puis s'allonger sur le grand lit à côté de lui ou, mieux encore...

— Qu'en penses-tu, Allie ?

— Euh... de quoi ? balbutia la jeune femme, brusquement arrachée à sa rêverie par la voix de Dom.

— De ce cliché ! répondit ce dernier en tapotant d'un index impatient la planche-contact posée devant lui. En plus de faire vendre plus de rouge à lèvres que Fortune Cosmetics ne pourra en fabriquer, je crois qu'elle me vaudra le prix de la meilleure photo publicitaire de l'année.

Allie rassembla le peu d'énergie qui lui restait, et regarda attentivement le cliché. Il appartenait à la série des photos prises dans la salle des poteries Anasazi, et c'était le plus beau portrait que personne eût jamais réalisé d'elle. Il avait tout, en effet, pour remporter la prestigieuse récompense dont Dom venait de parler. L'œil du spectateur y était bien attiré sur le produit à vendre, mais c'était surtout l'œuvre d'un grand artiste, dont la technique parfaitement maîtrisée s'alliait à une vision sensible et originale du monde pour établir de fascinantes correspondances entre le présent et le passé, l'animé et l'inanimé, le permanent et l'éphémère.

— Cette photo est magnifique, Dom, déclara Allie. Nous devrions l'utiliser pour la double page couleur que nous avons achetée dans Cosmopolitan.

— C'est aussi mon avis.

Le directeur artistique, Xola et les autres personnes présentes — sauf Rafe — se regroupèrent autour de la table. Les exclamations admiratives et les commentaires fusèrent, et Dom, maintenant de fort bonne humeur, daigna expliquer en termes compréhensibles ce qu'il avait voulu faire et les effets utilisés pour y parvenir. Il tendit ensuite la planche-contact à Jerry Philips, lui dit d'aller dans la chambre noire développer les négatifs des clichés entourés de feutre rouge, puis se pencha sur la planche-contact suivante.

La migraine d'Allie empirait. Elle jeta un coup d'œil à Rafe, assis sur un tabouret haut, un peu à l'écart, et il lui parut aussi épuisé qu'elle. La tension des derniers jours avait laissé des traces sur son visage : des ridules marquaient le coin de ses yeux, et deux profonds sillons encadraient sa bouche — une bouche que la jeune femme mourait d'envie d'embrasser.

Repoussant sa chaise, Allie se leva et s'approcha de Rafe.

— Fatigué ? lui murmura-t-elle.

— Un peu, mais tu sembles l'être encore plus... Tourne-toi et cale-toi entre mes genoux !

La jeune femme obéit, et Rafe commença de lui

masser la nuque et les épaules. Les muscles contractés d'Allie se détendirent et son mal de tête disparut comme par magie. Cette guérison spectaculaire était sans doute due en bonne partie au bonheur de voir que Rafe acceptait à présent de la toucher sans y être ouvertement ou tacitement invité.

Ils n'étaient cependant pas seuls, et, remarquant les coups d'œil de plus en plus irrités que leur jetait Dom, Allie finit par se remettre face à Rafe.

— Merci, c'était merveilleux ! lui chuchota-t-elle, les yeux brillants. Je te rendrai la pareille tout à l'heure, dans notre bungalow. Ma bouteille de lait miracle est encore aux trois quarts pleine.

— Je suis sûr que ton « lait miracle » est en fait un aphrodisiaque, chuchota-t-il avec un clin d'œil malicieux, et je ne pense pas en avoir besoin ce soir.

— Tu te vantes ! N'oublie pas que je suis mannequin et que je peux rester dans la même position pendant des heures.

Rafe éclata de rire, mais reprit d'un coup son sérieux en entendant sonner le téléphone portable. Dom souleva le combiné d'un geste impatient.

— Quoi ? cria-t-il dans le microphone. Ah ! Bon, d'accord, je vais lui dire.

Après avoir coupé la communication, il se tourna vers Rafe et lui annonça sur un ton rogue :

— C'était la réceptionniste. Il y a un fax qui est en train d'arriver de New York pour vous, avec « urgent » écrit en grosses lettres en haut de la première page.

La tension qu'avaient chassée ces instants de tendre complicité avec Allie revint aussitôt, et comme la jeune femme le regardait d'un air interrogateur, il expliqua :

— J'ai donné un coup de téléphone en début de soirée, et ce fax en est sans doute la réponse.

— Il vaut mieux aller le lire tout de suite, alors, observa-t-elle.

Hésitant à la quitter, ne serait-ce que le temps de se rendre dans le hall de l'hôtel et d'en revenir, Rafe demanda à Avendez :

— Votre réunion est bientôt terminée ?

— Nous en avons encore pour environ une demi-heure, à condition que vous cessiez de tripoter Allie et qu'elle puisse ainsi se remettre au travail.

— Vas-y, Rafe ! insista la jeune femme. Je ne cours aucun risque, ici.

— Tu as ton bipeur sur toi ?

— Oui, ne t'inquiète pas.

— Bon, je reviens dans une minute.

Rafe sortit de la caravane, traversa la cour à grands pas, contourna le portier à moitié endormi et se dirigea vers le bureau de la réception. L'employée lui sourit, mais prit un air contrit quand Rafe lui demanda son fax.

— Je suis désolée, monsieur... La machine s'est bloquée juste après le début de la communication. Mais j'ai appelé l'expéditeur pour le prier de refaxer le document, et il suffit d'attendre, maintenant.

« Il suffit d'attendre ! » répéta intérieurement Rafe, furieux.

La réceptionniste n'était cependant pour rien dans le mauvais fonctionnement des équipements du Rancho Tremayo, aussi renonça-t-il à passer sa colère sur elle. Il alla acheter un café au distributeur automatique du hall et le but à petites gorgées.

Quand le gobelet de plastique fut vide, le fax n'était toujours pas là et la nervosité de Rafe monta d'un cran. Il était plus de 2 heures du matin sur la côte Est, et pour vouloir lui transmettre un message au milieu de la nuit, l'inspecteur new-yorkais avait sûrement découvert quelque chose de très intéressant sur Philips.

Rafe patienta encore quelques minutes, puis s'approcha de la réceptionniste et lui demanda :

— Alors, ce fax ?

— Le télécopieur est juste à côté, dans le bureau du directeur, répondit-elle avec ce qui devait être son sourire le plus charmeur, et je ne l'ai pas entendu se mettre en marche.

— Allez quand même vérifier !

— Euh... oui, monsieur, tout de suite !

En fin de compte, Rafe ne saurait jamais si le fax était déjà arrivé ou non car, alors qu'il attendait encore le retour de l'employée, le signal d'alarme du récepteur relié au bipeur d'Allie se mit brusquement à retentir à travers la poche de son jean.

# 13.

Plus tard, lorsque Allie se rappellerait les événements de cette soirée, elle les verrait défiler dans son esprit comme les images d'un film d'épouvante projeté tantôt en accéléré, tantôt au ralenti.

Sur le moment, elle eut ces deux impressions à la fois : les choses se passèrent très vite et lui semblèrent pourtant durer une éternité.

Après le départ de Rafe, le mal de tête causé par l'odeur des produits chimiques revint la tourmenter, et elle se massa discrètement les tempes pour essayer de le chasser. Dom rassembla les planches-contact quelques minutes plus tard, les rangea dans un tiroir et déclara la réunion terminée.

— Mais je croyais que nous devions établir le programme de travail de demain ? observa le directeur artistique.

— J'ai changé d'avis, répondit le photographe d'un ton brusque. Nous sommes tous trop fatigués ce soir pour décider de quoi que ce soit. Nous allons raccompagner Allie jusqu'à son bungalow, et son chien de garde nous rejoindra sans doute en chemin.

La jeune femme se mit debout et s'étira, envahie par une onde de volupté à l'idée de passer une nouvelle nuit avec Rafe. Et si ce fax de New York résolvait l'énigme des coups de téléphone anonymes, ils passeraient les nuits suivantes, non seulement ensemble, mais enfin délivrés de la tension des jours précédents. Ils auraient alors le temps de mieux se connaître et de fixer les règles auxquelles Rafe semblait attacher tant d'importance.

Rassérénée par cette pensée, Allie suivit le groupe qui se dirigeait vers la porte. Au moment de sortir, elle tendit la main vers l'interrupteur, mais Dom lui ordonna alors :

— Laisse la caravane allumée ! Je retournerai y travailler tout à l'heure.

— Mais tu as dit à l'instant que nous étions tous trop fatigués pour...

— Oui, mais certaines personnes le sont plus que d'autres... Allez, viens ! Tu as grand besoin de te reposer.

Ils firent quelques pas, puis le photographe leva le bras dans l'intention évidente de prendre Allie par le cou. Il se ravisa cependant et remarqua tristement :

— Il va falloir que je perde cette habitude. Ton « ami » n'a pas l'air d'apprécier.

Jugeant qu'elle lui devait la vérité, la jeune femme saisit Dom par la main et le tira en arrière.

Xola, qui marchait devant eux, se retourna et s'immobilisa ; à la faible clarté des lanternes du patio, son visage était un masque impénétrable.

— D'après Rafe, un homme ne peut jamais se contenter de l'amitié d'une femme qu'il désire, déclara Allie d'une voix douce, et je commence à penser que c'est vrai aussi dans l'autre sens.

— Epargne-moi tes circonlocutions ! Je sais très bien que Stone te plaît. Un photographe voit tout, et aucun des regards brûlants que tu lui as lancés pendant les séances de travail ne m'a échappé.

— Il ne s'agit pas seulement d'attirance physique, du moins en ce qui me concerne. Je me demande si... Non, je ne me demande pas. Je suis sûre de l'aimer.

Dom garda le silence, et une expression douloureuse, vite réprimée, passa sur son visage. Le cœur d'Allie se serra, mais que pouvait-elle faire, à part être honnête avec lui et l'assurer de son amitié ?

— Tu t'es déjà crue amoureuse, finit-il par observer. Tu m'avais même chargé, il n'y a pas si longtemps, de réaliser un portrait de toi pour décorer ta future chambre nuptiale.

— Je sais, mais cette fois, c'est différent.

— Tu en es bien certaine ?

— Oui.

Un nouveau silence passa, puis le photographe eut un haussement d'épaules désabusé.

— Dans ce cas, il va falloir que je réalise ce portrait, mais je te préviens : aucun ne sera aussi réussi que celui de la publicité à paraître dans Cosmopolitan.

— Dom ? murmura Allie. Est-ce que tu accepterais de...

— De te donner ce cliché ? Bon, d'accord, ce sera mon cadeau de mariage... à condition que Stone trouve la photo à son goût ! Je vais chercher la planche-contact, comme ça, tu pourras la lui montrer dès ce soir.

— Merci beaucoup, murmura la jeune femme.

Elle esquissa ensuite un pas en direction de son bungalow, mais elle aperçut alors Xola, toujours immobile et le visage tourné vers eux. Ses traits exprimaient une telle souffrance qu'Allie dit à Dom :

— Non, je vais m'en occuper. Rejoins Xola, pendant ce temps, et explique-lui ce que je suis partie faire. Je suis sûre que cela lui fera plaisir.

Après avoir contraint son ami de lui obéir d'une légère poussée sur l'épaule, Allie regagna la caravane. Une fois à l'intérieur, elle ouvrit le tiroir où Dom avait rangé les planches-contact, les sortit et les feuilleta, mais sans trouver la bonne. Sûre d'être allée trop vite, elle s'apprêtait à recommencer quand la mémoire lui revint : Dom avait remis cette planche-contact à Jerry Philips en lui demandant de développer les négatifs des photos retenues.

Spontanément, Allie se dirigea vers la chambre

noire mais, en voyant un rai de lumière filtrer sous la porte, elle s'arrêta net, prise d'une brusque inquiétude. Jerry avait-il quitté la caravane avec le reste du groupe, tout à l'heure ? Elle n'arrivait plus à s'en souvenir, et comme Rafe semblait considérer le stagiaire comme un coupable possible, elle décida de jouer la carte de la prudence et de rebrousser chemin.

Elle venait de faire demi-tour lorsque la porte de la chambre noire s'ouvrit, livrant passage à Jerry Philips. Il était en train de s'essuyer le nez du revers de la main, et une expression bizarre, mi-coupable, mi-surprise, se peignit sur son visage quand il s'aperçut de la présence de la jeune femme.

— Les... les autres sont partis ? bredouilla-t-il.

— Oui, la réunion s'est terminée plus tôt que prévu.

— Et vous, pourquoi êtes-vous là ?

Une lueur d'une étrange intensité s'alluma dans les yeux du stagiaire, et Allie, mal à l'aise, répondit tout en reculant vers la porte extérieure de la caravane :

— Je suis revenue chercher l'une des planches-contact. Je suis désolée de vous avoir dérangé, j'avais oublié que vous travailliez dans la chambre noire. Je vais vous laisser. Excusez-moi encore.

La jeune femme avait conscience de trahir sa peur en parlant ainsi pour ne rien dire, mais c'était plus fort qu'elle : le regard de Jerry lui donnait la chair de poule. Glissant la main dans la poche de sa veste où se trouvait le bipeur, elle continua de reculer, mais ses jambes heurtèrent soudain la table, et cet obstacle l'obligea à s'arrêter.

— Je voulais vérifier quelque chose sur cette planche-contact, déclara-t-elle, mais ça peut attendre demain... Bonsoir !

— Non, restez !

Allie contourna la table et reprit son lent mouvement de retraite en veillant à ne pas tourner le dos au stagiaire et en guettant chacun de ses mouvements. C'est ainsi qu'elle le vit ouvrir l'une des armoires vitrées et en sortir un flacon de verre rempli d'un liquide orange.

Il ne s'agissait que de bain de rinçage, l'un des produits chimiques dont Jerry avait besoin pour développer les clichés, songea la jeune femme, décidée à ne pas céder à la panique. Ses doigts tremblaient pourtant quand, après avoir tâtonné quelques secondes, elle trouva enfin la poignée de la porte et l'abaissa.

Mais le stagiaire bondit et s'adossa contre le battant pour le bloquer. Allie s'écarta vivement et serra le bipeur de toutes ses forces. Jerry déboucha le flacon au même moment, et une odeur âcre s'en échappa. La jeune femme ouvrit la bouche pour appeler au secours, mais la referma en voyant Jerry brandir le flacon d'un air menaçant.

— Ne crie pas, Allison, dit-il à voix basse.

Le sang d'Allie se glaça dans ses veines. Rafe avait raison, finalement : l'auteur des coups de téléphone appartenait bien à son entourage immédiat... C'était Jerry Philips !

Sans relâcher sa pression sur le bipeur, elle recula de nouveau, mais dans l'autre sens. Sa cuisse ne tarda pas à rencontrer le tabouret sur lequel Rafe était assis tout à l'heure ; elle s'immobilisa et, de sa main libre, agrippa le rebord du siège.

— Pourquoi fais-tu cela, Jerry ? demanda-t-elle, autant pour essayer de l'amadouer que pour gagner du temps.

— Il le faut.

— Je ne comprends pas... Je croyais que nous étions amis, tous les deux, que ça te plaisait de travailler avec moi.

— Ça me plaît. Je suis désolé, Allison...

Sans cesser de la fixer, le stagiaire chercha à tâtons le verrou de la porte.

Il fallait l'obliger à penser à autre chose pendant qu'elle affermissait sa prise sur le tabouret, pensa la jeune femme. Si elle arrivait à le tenir assez solidement d'une seule main pour l'utiliser comme un projectile, elle pourrait de l'autre se protéger la figure du jet d'acide que Jerry risquait alors d'envoyer dans sa direction.

— Je t'en prie, explique-moi pourquoi tu fais cela, déclara-t-elle. J'ai le droit de savoir, non ?

Le stagiaire ramena sa main libre devant lui et se la passa nerveusement sur la bouche.

— Tu es trop belle, Allison, répondit-il, trop parfaite...

Un bruit de course retentit soudain dehors. Jerry dut le percevoir, comme Allie, car son regard la quitta pendant une fraction de seconde pour se tourner vers la porte. Ce moment d'inattention donna juste le temps à la jeune femme de réaliser son plan : elle souleva le tabouret, le lança sur le stagiaire et fit un pas de côté tout en sortant la main de sa poche pour se couvrir les yeux et le visage.

Un grognement étouffé lui parvint, puis la porte s'ouvrit à toute volée. Craignant que Jerry ne s'attaque maintenant à Rafe, Allie fonça tête baissée vers la sortie et hurla :

— N'entre pas, Rafe ! Il a une bouteille d'acide ! Il...

Les mots lui restèrent dans la gorge : une main venait de se refermer sur son épaule et la poussait dehors. Elle bascula en avant, mais eut heureusement le réflexe de tendre les bras pour amortir sa chute. Des voix rageuses retentirent derrière elle — celle de Jerry, qui vociférait des menaces, et celle de Rafe, qui le sommait de « lâcher ça ».

Un coup de feu éclata au moment où Allie commençait de se relever. Il y eut ensuite un choc sourd et un fracas de verre brisé, comme si un corps avait violemment heurté l'une des armoires vitrées.

— Lâche ça ! ordonna de nouveau Rafe un instant plus tard.

La jeune femme sauta sur ses pieds et s'élança vers la caravane, mais un deuxième coup de feu résonna alors, immédiatement suivi par une explosion et un éclair aveuglant. Le souffle de la déflagration projeta Allie en arrière. Elle vacilla mais ne tomba pas, cette fois : quelqu'un, derrière elle, l'avait rattrapée au vol.

— Rafe ! cria-t-elle en tentant de se dégager des bras qui l'emprisonnaient. Réponds-moi, Rafe ! Attends, j'arrive...

— Arrête de gigoter ! dit la voix de Dom, dans son dos. Il n'est pas question que tu retournes là-dedans !

— Mais Rafe y est, et Jerry aussi !

A force de se débattre, Allie parvint à se libérer et, le bras sur le visage, elle bondit dans la caravane.

Rafe était allongé sur le sol, la tête en sang. La jeune femme se pencha, l'attrapa par le bras et tira de toutes ses forces. Des flammes s'élevaient autour d'elle, léchant les parois, le mobilier, ses vêtements et ceux de Rafe. La pièce était remplie d'une épaisse fumée qu'Allie s'efforça de ne pas inhaler en fermant la bouche et en pinçant les narines tandis qu'elle traînait Rafe vers la porte.

Malgré ses efforts, peut-être n'aurait-elle pas réussi à le sortir de la caravane si Dom n'avait soudain surgi à son côté et ne l'avait aidée. Une minute plus tard, ils étaient dehors, et des personnes que le bruit avait attirées sur les lieux prirent le relais pour éloigner le blessé des flammes, qui s'échappaient maintenant de la porte ouverte.

Bien qu'épuisée et secouée de quintes de toux dues à la fumée, Allie emboîta le pas au groupe, et elle ne s'aperçut que le photographe ne l'avait pas suivie qu'en entendant Xola hurler :

— Ne reste pas là, Dom ! Tout peut sauter d'une seconde à l'autre !

La jeune femme se souvint alors du stagiaire et s'arrêta net.

— Jerry est encore dans le laboratoire ! cria-t-elle. Il faut...

Un vacarme assourdissant la réduisit au silence. La caravane fut soulevée de terre, puis retomba dans un grand fracas de tôles d'où jaillissaient des débris incandescents.

Allie ne prit pas le temps de réfléchir : elle s'élança vers Rafe et s'allongea sur lui pour le protéger de son corps.

Rafe sortit lentement de l'inconscience. Des bruits confus commencèrent de lui parvenir : le hululement d'une sirène, des cliquetis métalliques, le murmure de deux voix, l'une masculine, l'autre si rauque qu'il était difficile de dire si c'était celle d'un homme ou d'une femme.

Fronçant les sourcils, il essaya d'identifier ces gens et l'endroit où il se trouvait, mais le simple fait de plisser le front lui causa une douleur aiguë. Une sueur froide l'inonda, et des points lumineux d'un éclat insoutenable se mirent à danser sous ses paupières closes.

Seule sa volonté farouche de comprendre ce qui se passait l'empêcha de s'évanouir de nouveau. Il s'obligea à ouvrir un œil, puis l'autre. La tête lui tourna, et le vertige l'aurait persuadé de refermer les yeux si une main ne lui avait soudain effleuré la joue tandis que la voix rauque de tout à l'heure chuchotait :

— Rafe ? Tu m'entends ?

Il crut un instant qu'il s'agissait de Xola, et même quand des cheveux auburn apparurent dans son champ de vision, il eut un doute, car ces cheveux pendaient en mèches de différentes longueurs, aux extrémités à demi calcinées.

Dans un suprême effort, il ouvrit plus grand les paupières et vit alors deux grands yeux bruns le fixer. C'était bien ceux d'Allie, mais pourquoi étaient-ils injectés de sang, pourquoi avait-elle un sourcil presque entièrement brûlé, la figure noircie et, en travers du menton, une traînée rouge qui ressemblait fort à du...

La mémoire revint brusquement à Rafe, et une onde de panique le submergea. Sans se soucier de la perfusion dont il sentait la piqûre dans son bras, il tendit la main et attira la jeune femme vers lui.

— Tu es blessée ? demanda-t-il.

— Non, rien de grave, répondit-elle en lui caressant le front. C'est toi qui nous inquiètes. Jerry... Jerry a jeté de l'acide sur toi et t'a tailladé le visage avec un éclat de verre...

La voix lui manqua, et Rafe avait maintenant les idées assez claires pour deviner pourquoi.

— Il va falloir que tu passes un peu de peinture sur mes plaies et mes bosses, comme nous l'avons fait sur les chevaux de ton manège pour les rénover, déclara-t-il avec un petit sourire.

Allie le considéra d'un air surpris, puis eut un hoquet de soulagement et de rire mêlés.

— Moi aussi, j'aurai besoin de quelques retouches, observa-t-elle, mais je ne sais pas si les produits miracle de Fortune Cosmetics eux-mêmes pourront me remettre à neuf.

— Tu n'as besoin d'aucune retouche, dit Rafe d'un ton grave. Je n'ai jamais rien vu d'aussi beau que toi telle que tu es en ce moment.

Des larmes brûlantes jaillirent des yeux de la jeune femme. Elle les essuya du revers de la main bien que ce fût des larmes de bonheur, car en cet instant, sous le regard de Rafe, elle se sentait en effet plus belle qu'elle ne l'avait jamais été.

Avec précaution, afin que les secousses de l'ambulance ne lui fassent pas perdre l'équilibre, elle s'allongea à côté de la civière, approcha sa bouche de l'oreille de Rafe et lui parla tout bas de lents et longs massages, de nuits entières passées dans les bras l'un de l'autre et de grasses matinées, sans jogging à l'aube... pendant une semaine ou deux, au moins.

# 14.

Lorsque Rafe ouvrit les yeux, un rectangle de ciel bleu pâle se découpait dans l'entrebâillement des rideaux blancs d'une haute fenêtre.

Malgré la douleur que lui causait le moindre mouvement de la tête, il se redressa et scruta la pièce à la recherche d'Allie. Elle n'était pas là, et une brusque angoisse le saisit : il était sûr de l'avoir vue près de lui dans cette même pièce, la nuit précédente. Alors, pourquoi l'avait-elle quitté ? Son état serait-il plus grave qu'elle ne l'avait prétendu ?

Et puis il se souvint... Un médecin l'avait obligée à sortir en lui disant qu'elle avait autant besoin de repos que le blessé. Elle était donc partie sur ses deux jambes, et pas sur un brancard...

Les pensées de Rafe remontèrent ensuite jusqu'aux événements qui l'avaient conduit dans cette chambre d'hôpital. Il se rappela sa course à travers le patio de l'hôtel, le visage terrifié d'Allie quand il avait ouvert la porte du laboratoire, et son cri d'avertissement. Il frémit à l'idée qu'elle aurait pu se casser quelque chose en tombant, lorsqu'il l'avait poussée dehors, mais c'était un risque qu'il avait été contraint de prendre : un danger bien plus terrible la menaçait à l'intérieur de la caravane.

Un danger qu'il s'était ensuite retourné pour affronter, et là, tout s'était passé très vite : avant qu'il n'ait pu esquisser un geste, un jet de liquide orange l'avait atteint au bras et au cou. Il avait éprouvé une sensation de brûlure cuisante, et l'odeur âcre de l'acide lui avait fait monter les larmes aux yeux.

Sa vision n'avait heureusement pas été brouillée au point de l'empêcher de voir Philips casser un flacon sur le rebord de la table et fondre sur lui en brandissant le bout de verre qui lui était resté dans la main.

Le temps que Rafe dégaine son revolver, le stagiaire lui avait porté un coup au visage. La première balle avait touché Philips à l'épaule, comme prévu. Il était tombé contre l'une des armoires de rangement, dont la vitrine avait volé en éclats, mais il s'était remis debout, prêt à frapper de nouveau, et Rafe avait visé son bras levé. La deuxième balle lui avait traversé le poignet avant de terminer sa course dans l'armoire, provoquant l'explosion des produits chimiques stockés à l'intérieur.

Rafe n'avait de la suite des événements que des souvenirs fragmentaires — la sensation d'être traîné sur le sol, puis une seconde explosion, un bruit lancinant de sirène, et le tendre visage d'Allie penché sur lui... Il se concentra sur cette dernière image, qui lui faisait oublier l'horreur des moments qui avaient précédé. Même meurtris et noircis par la fumée, ses traits restaient illuminés par cette beauté intérieure qui le fascinait tant.

Des bruits, derrière la porte, le tirèrent progressivement de sa rêverie. Un chariot passa en grinçant ; deux personnes longèrent le couloir en parlant à voix basse... L'hôpital commençait de s'animer, et Rafe jugea qu'il était temps de se préparer au retour d'Allie.

Il quitta péniblement son lit et, traînant derrière lui la perche de la perfusion toujours enfoncée dans son bras, se rendit dans la salle de bains. Là, un coup d'œil dans le miroir lui confirma que sa collection de cicatrices allait bientôt s'agrandir : sa peau portait ici et là des traces de brûlure aux endroits touchés par l'acide que Philips avait projeté sur lui, et en soulevant le bord de la compresse qui lui recouvrait la partie gauche du visage, il vit une profonde entaille. Elle partait du haut de la tempe, frôlait le sourcil et se terminait en arc de cercle sur le haut de la joue.

Rafe remit le pansement en place et fit une brève toilette. Il aspergea d'eau froide les parties intactes de son visage. La plaie avait été soigneusement recousue, mais il n'en éprouva aucune satisfaction particulière : profondes ou superficielles, les traces que lui laisseraient ces nouvelles blessures n'empêcheraient pas Allie de l'aimer.

Son principal souci, dans l'immédiat, c'était de se procurer auprès d'une infirmière une brosse à dents, car il voulait avoir une haleine de jeune premier pour embrasser sa compagne à l'instant même où elle franchirait le seuil de la chambre.

La femme qui entra dans la pièce une demi-heure plus tard ne ressemblait en rien à celle de la nuit précédente. Elle avait les cheveux courts, le teint éclatant et un sourire radieux sur les lèvres.

Le pouls de Rafe s'accéléra. Cette femme-là aussi l'émouvait. Profondément.

Quittant le fauteuil dans lequel il s'était installé pour l'attendre, il alla à sa rencontre. L'infirmière qui lui avait donné une brosse à dents, tout à l'heure, l'avait également débarrassé de la perfusion, si bien qu'il put serrer Allie dans ses bras assez fort pour lui exprimer toute l'ardeur de sa passion.

— Comment te sens-tu? lui murmura la jeune femme à l'oreille.

— Beaucoup mieux depuis que tu es là.

Rafe voulut alors l'embrasser, mais elle s'écarta doucement de lui et se tourna vers la porte, restée ouverte. Surpris, il leva la tête et vit un homme d'allure distinguée, aux épais cheveux blancs, qui s'était adossé au mur du couloir et fixait discrètement le plafond.

— C'est Sterling Foster, expliqua Allie. Sterling

est l'avocat des laboratoires Fortune Cosmetics et l'un de nos plus fidèles amis. Il était à Dallas quand j'ai appelé ma famille pour l'informer de l'explosion, ce qui lui a permis de devancer tout le monde.

— Tout le monde ?

— Oui, mes parents vont arriver en avion, avec Rocky aux commandes.

Allie appela l'avocat et fit les présentations. Rafe serra la main de Foster, qui lui plut immédiatement. Avec ses traits énergiques et sa large carrure, c'était de toute évidence un homme capable de se faire respecter à l'extérieur comme à l'intérieur d'une salle d'audience.

— Allie m'a mis au courant de ce qui s'était passé, dit-il, mais il reste quelques points obscurs, et j'avoue que cela me préoccupe.

— Moi aussi, indiqua Rafe. Avant d'en discuter, cependant, j'aimerais qu'Allie me raconte du début à la fin les événements de la nuit dernière. Il y a certains détails que j'ignore encore.

Se perchant sur le bord du lit, la jeune femme s'exécuta, et elle conclut son récit en annonçant d'une voix un peu tremblante :

— On a retrouvé le corps de Jerry dans les décombres de la caravane. Ses parents ont été prévenus et seront là dans la matinée.

— Philips ne t'a pas donné la raison de ses actes ? demanda Rafe.

— Non. Il m'a juste dit que j'étais trop... trop belle, trop parfaite.

L'idée de la terrible épreuve à laquelle le stagiaire avait soumis Allie, et qui la marquerait longtemps, rendit Rafe fou de rage. Philips lui inspirerait sans doute un jour une certaine pitié mais, pour le moment, c'était le dégoût et la colère qui l'emportaient.

— Le fax devrait nous en apprendre plus, observa la jeune femme.

— Quel fax ? intervint Foster.

— Attendez, je l'ai là.

Allie sortit de son sac une feuille de papier pliée en quatre et la tendit à Rafe, qui la lut rapidement, puis en résuma le contenu à voix haute :

— Philips a été arrêté deux fois par la police : la première, quand il était encore mineur, pour trafic de drogue, et la seconde pour usage et détention de stupéfiants. Cette dernière arrestation date seulement de l'année dernière, et je suis surpris qu'elle n'ait pas causé son renvoi de l'université.

— Peut-être les services administratifs n'ont-ils pas été mis au courant ? suggéra Allie, mais sans grande conviction. Il est facile de dissimuler ce genre d'information, dans certains Etats.

Bien que Rafe eût désespérément envie de la rassurer, il avait la certitude que les choses n'étaient pas aussi simples, et plutôt que de lui mentir, il garda le silence. La jeune femme devait d'ailleurs partager son avis, au fond, car elle reprit d'un air pensif :

— Ma tante Rebecca a engagé un détective privé pour enquêter sur l'accident dans lequel Kate a trouvé la mort, et ce détective a étendu ses recherches à l'incendie qui s'est produit dans le laboratoire de Fortune Cosmetics. En joignant tes efforts aux siens, Rafe, tu finiras sûrement par découvrir pourquoi Jerry Philips me voulait tant de mal.

— Je l'espère, dit Rafe.

Foster, qui semblait abîmé dans de profondes réflexions, sortit alors de son mutisme pour déclarer :

— J'aimerais que vous me remettiez ce fax, monsieur Stone, si cela ne vous ennuie pas.

Après avoir replié et rangé dans la poche intérieure de sa veste la feuille que Rafe lui avait tendue, l'avocat se dirigea vers la porte en annonçant :

— Il faut que je vous quitte pour passer quelques coups de téléphone. Je sais que vous allez recevoir beaucoup de remerciements dans les prochains jours, monsieur Stone, mais je suis content d'être le premier à pouvoir vous exprimer ma gratitude : vous avez sauvé la vie d'Allie.

— C'est moi qui devrais remercier la famille Fortune de m'avoir fait rencontrer une femme aussi merveilleuse ! murmura Rafe, qui avait emboîté le pas à Foster.

— Voilà qui va rendre très heureuse une personne de ma connaissance, chuchota l'avocat.

Cette remarque plongea Rafe dans la perplexité, mais il laissa son interlocuteur partir sans lui demander d'explication. Il en aurait sans doute l'occasion plus tard, quand Jake Fortune, Foster et lui se réuniraient pour décider des suites à donner à l'affaire.

Sa priorité, pour l'instant, c'était de chasser la peur qui se lisait encore dans les yeux d'Allie. Il alla s'asseoir près d'elle, l'enlaça et observa d'un ton léger :

— Je suis désolé d'avoir à dissiper tes illusions, mais Philips avait tort : si tu es belle, tu n'es pas parfaite, loin de là !

— Vraiment ?

— Vraiment !

— Et quels sont mes défauts, s'il te plaît ?

— Pour commencer, il y en a un que je t'ai déjà reproché, mais dont tu ne sembles pas du tout disposée à te débarrasser : cette manie que tu as de changer les règles quand elles ne te conviennent pas.

— Je plaide coupable. Ensuite ?

— Ensuite, tu es exagérément attachée à certaines habitudes, comme celle de te lever tous les jours à l'aube au lieu de rester bien au chaud dans ton lit.

— J'y resterais peut-être si j'y trouvais des satisfactions que ne me donne pas le jogging.

— Réfléchis bien ! Tu ne vois réellement rien de mieux à faire le matin que d'aller courir, seule et dans le froid ?

— Seule ? Tu ne comptes donc plus m'accompagner ?

— Oh ! non... Maintenant, réponds à ma question !

— Désolée, mais je ne vois rien, dit Allie d'un air innocent.

Puis elle attendit, le cœur battant, que Rafe prononce les mots qui scelleraient leur union. Et il les prononça, d'une voix grave et ferme qui ne laissait aucun doute sur leur sincérité :

— Je t'aime, Allie. Passionnément.

L'âme inondée de bonheur, elle lui sourit et murmura :

— Moi aussi, je t'aime, Rafe. Passionnément.

Le baiser qu'ils échangèrent ensuite aurait duré beaucoup plus longtemps si une voix furibonde n'avait soudain retenti dans le couloir :

— Non, je ne reviendrai pas à l'heure des visites ! J'ai du travail, figurez-vous !

Une seconde plus tard, la porte s'ouvrait et Dom surgissait dans la pièce. Son crâne était à présent entièrement chauve. Comme Allie, il avait eu les cheveux et un sourcil en partie brûlés dans l'incendie, mais si la jeune femme avait réparé les dommages en raccourcissant sa coiffure et en se refaisant le sourcil au crayon, le photographe, lui, s'était carrément rasé la tête et avait laissé sa figure en l'état.

Xola, qui le suivait, salua Rafe et Allie de la main pendant que Dom continuait de vitupérer :

— C'est quand même incroyable ! Il est déjà 10 heures à New York, et il faudrait que j'attende ? Salut, Stone... Ça va ?

— Oui, répondit l'interpellé en se levant et en s'approchant du photographe, mais j'irais sûrement moins bien si vous n'aviez pas aidé Allie à me sortir de la caravane, hier soir... Merci !

Après un bref moment d'hésitation, Dom prit la main que lui tendait Rafe, et la serra.

— De rien, déclara-t-il. Je regrette seulement que les négatifs des clichés faits hier à Santa Fe aient disparu dans les flammes. Il y en avait un dont je voulais tirer un portrait d'Allie destiné à décorer votre chambre nuptiale.

— Quelle chambre nuptiale ?

— A ton avis ? demanda la jeune femme en souriant.

— Mais..., commença Rafe.

— Vous aurez tout le temps d'en discuter plus tard ! s'écria Dom d'une voix impatiente. Là, j'ai besoin de mon modèle. Le reste des photos n'était heureusement pas dans le laboratoire, mais il faut recommencer tout le travail effectué au musée. Viens, Allie, il n'y a pas de temps à perdre ! En jouant sur les éclairages, personne ne verra que tu...

— Une petite minute, Avendez !

Dom se tourna vers Rafe.

— Quoi ? grommela-t-il.

— J'ai quelque chose de très important à dire à Allie avant qu'elle ne quitte cette pièce.

— Oh ! par pitié... Vous n'allez pas encore nous embêter avec vos histoires de bipeur et autres stupides mesures de prudence... Votre mission est terminée, non ?

— Non, elle ne l'est pas, répliqua Rafe.

Le photographe ne semblait pas disposé à partir sans son modèle, mais Xola lui passa un bras autour du cou et l'entraîna vers la porte en déclarant :

— Tu ne vois donc pas que nous sommes de trop ?

Quand elle fut seule avec Rafe, Allie lui demanda, un peu craintive :

— Alors, qu'as-tu à me dire ?

— Rien, répondit-il avec ce sourire qui la faisait fondre. Je voulais juste qu'Avendez nous laisse finir ce que nous avions commencé.

Puis, joignant le geste à la parole, il prit la jeune femme dans ses bras et lui donna un long, très long baiser.

# Épilogue

— J'en ai assez d'être morte, Sterling !

Un sourire las étira les lèvres de l'avocat. Après avoir quitté Allie et son garde du corps, il avait pris le vol de nuit pour Minneapolis afin de faire son rapport à Kate le plus vite possible. Elle arpentait maintenant le séjour de l'appartement qu'il lui avait loué sous un faux nom, et sa colère se manifestait par des signes — une légère rougeur et un frémissement des narines — qui, pour être discrets, n'en étaient pas moins parfaitement identifiables par ses proches. Dans ces cas-là, ses enfants et ses petits-enfants eux-mêmes n'osaient pas l'approcher. Sterling la connaissait cependant depuis plus longtemps que la plupart d'entre eux, et si l'énergie qu'irradiait son amie l'inquiétait parfois, comme en ce moment, elle ne manquait jamais de le fasciner.

— Permettez-moi de vous rappeler, Kate, que c'est vous l'instigatrice de cette mascarade, observa-t-il doucement.

— Je sais ! Je sais ! s'écria la vieille dame en

brandissant d'un geste impatient la canne dont elle avait de temps en temps besoin depuis son accident.

Sterling s'était d'abord opposé au plan de Kate, comme il se serait opposé, s'il en avait été informé à temps, à son projet de partir seule en Amérique du Sud pour y chercher une plante aux propriétés étonnantes qui devait entrer dans la composition de sa nouvelle crème.

Mais elle était partie sans avertir personne d'autre que sa gouvernante, et Sterling avait donc éprouvé la même surprise — et la même douleur — que les Fortune en apprenant que l'avion de Kate s'était écrasé dans la forêt amazonienne.

Il n'était pas homme à s'abandonner à ses émotions, mais les quelques jours qui avaient suivi l'enterrement de Kate avaient été les pires de toute sa vie.

Et puis, un beau soir, alors qu'il ne s'était toujours pas habitué au vide que cette mort avait laissé dans son existence, quelqu'un avait poussé sa porte, et qui avait-il vu entrer, le pas un peu claudicant mais autrement inchangée ? Kate elle-même, dont la soudaine résurrection avait bien failli lui provoquer un arrêt cardiaque.

Le récit qu'elle avait alors fait de ses aventures prouvait s'il en était besoin le courage et la volonté indomptable de la vieille dame : un homme armé s'était caché dans son avion et l'avait forcée à atterrir. Mais loin de céder à ses menaces, elle s'était battue contre lui pendant que le jet continuait sa course à travers les arbres. Par bonheur, une secousse l'avait projetée hors de l'appareil juste avant qu'il n'explosât, et des Indiens accourus sur les lieux de la catastrophe l'avaient emmenée et soignée dans leur village. Elle était grièvement blessée, mais, grâce à leur connaissance ancestrale des plantes médicinales, ils l'avaient en quelques mois remise sur pied. C'est ainsi qu'elle avait surgi un beau matin chez son vieil ami Foster. Foster à qui elle voulait absolument parler de sa nouvelle stratégie, car il était, lui avait-elle dit, le seul homme en qui elle ait pleinement confiance.

Et, quoi qu'il lui en coûtât, Sterling avait accepté de l'aider, même s'il sentait qu'il commençait à vouloir plus, de cette femme remarquable, que de la confiance. Il répugnait cependant à l'admettre, même intérieurement. Kate était son amie et sa cliente depuis quarante ans, et l'idée de changer la nature de cette relation le rendait presque aussi nerveux que le dessein formé par la vieille dame de tout mettre en œuvre pour découvrir l'identité de la personne qui avait engagé son agresseur.

Elle pensait avoir de meilleures chances d'y parvenir en restant en coulisses, mais elle était à présent prise à son propre piège : sa décision de se faire passer pour morte l'empêchait d'agir directement sur les événements.

— J'aurais dû aller au Nouveau-Mexique,

marmonna-t-elle d'une voix irritée. J'ai besoin de vérifier par moi-même qu'Allie va bien.

— Je vous assure qu'elle va très bien.

— J'aimerais aussi connaître ce Rafe Stone.

— C'est un homme de valeur. Le peu de temps que j'ai passé avec lui a suffi à m'en convaincre.

— Il est vraiment amoureux, selon vous, de ma petite-fille ?

— Oui, et elle l'aime également, cela saute aux yeux.

— Tant mieux ! Car Allie a bien mérité de trouver le bonheur, après l'épreuve de ses fiançailles rompues et le harcèlement dont elle a été victime. A propos, vous ne trouvez pas suspecte, vous, cette nouvelle attaque dirigée contre un membre de ma famille ?

— Si, et Stone semble lui aussi soupçonner que Jerry Philips a été manipulé.

— Oui, plus j'y réfléchis, plus il me paraît évident qu'une telle succession de coups durs ne peut pas être le fruit du hasard. Les services de l'immigration ont d'abord cherché à expulser Nick Valkov, notre meilleur chimiste ; il y a ensuite eu l'incendie du laboratoire, la tentative de meurtre perpétrée contre moi, les persécutions subies par Allie... Je suis sûre qu'une seule et même personne est à l'origine de tous ces actes de malveillance.

Sterling hésita un instant. Bien qu'il partageât secrètement l'opinion de Kate, le juriste en lui refusait de donner une hypothèse pour vraie sans éléments concrets pour l'étayer.

— Peut-être. Mais nous ne possédons aucune preuve de l'existence d'un lien entre ces différents événements, objecta-t-il donc.

Une expression de farouche détermination se peignit aussitôt sur le visage de Kate, et Sterling crut avoir une hallucination tant elle ressemblait ainsi, malgré sa canne et les mèches grises qui striaient ses cheveux auburn, à la jeune et énergique femme d'affaires qui l'avait engagé comme avocat quarante ans plus tôt.

— Ce lien existe, et nous le découvrirons ! s'exclama-t-elle, une lueur de défi dans les yeux.

Sterling étouffa un soupir. Quand Kate arborait cet air-là, rien ni personne ne pouvait la faire changer d'idée.

Les prochains mois allaient sûrement être mouvementés, songea-t-il, et il lui faudrait user de beaucoup de patience et de diplomatie pour empêcher Kate de courir au-devant de nouveaux dangers.

Composé sur le serveur d'Euronumérique, à Montrouge
par les Éditions Harlequin
Achevé d'imprimer en mai 2000
sur les presses de l'Imprimerie Bussière
à Saint-Amand-Montrond (Cher)
Dépôt légal : juin 2000
N° d'imprimeur : 914 — N° d'éditeur : 8246

*Imprimé en France*